O compromisso

Herta Müller

O compromisso

tradução:
Lya Luft

2ª reimpressão

EDITORA GLOBO

Título original:
Heute wär ich mir lieber nicht begegnet

Revisão: Otacílio Nunes, Nair Kayo e
Beatriz de Freitas Moreira
Capa: Ettore Bottini
Foto de capa: Corbis/Stock Photos

1ª edição, 2004
2ª reimpressão, 2009

Dados Internacionais de Catalogação na Publicação (CIP)
(Câmara Brasileira do Livro, SP, Brasil)

Müller, Herta
O compromisso / Herta Müller ; tradução Lya Luft. – São Paulo : Globo, 2004.

Título original: Heute wär ich mich lieber nicht begegnet.
ISBN 85-250-3743-5

1. Romance alemão I. Título

03-0196 CDD-838.9

Índice para catálogo sistemático:
1. Romances : Literatura alemã 838.9

Direitos de edição em língua portuguesa para o Brasil
adquiridos por Editora Globo S. A.
Av. Jaguaré, 1485 – 05346-902 – São Paulo – SP
www.globolivros.com.br

O COMPROMISSO

Eu fui convocada. Quinta-feira, dez em ponto.

Sou convocada cada vez com maior freqüência: às dez em ponto na quinta, às dez em ponto no sábado, na quarta ou na segunda. Como se os anos fossem uma semana, fico imaginando que depois do fim de verão logo teremos outra vez inverno.

No trajeto até o bonde os arbustos voltam a emergir através das cercas, com suas frutinhas brancas. Como botões de madrepérola costurados embaixo, talvez até terra adentro, ou como migalhas de pão. Para cabecinhas de pássaros com bicos tortos, as frutinhas são pequenas demais, mesmo assim penso em cabeças de pássaros brancos. E isso dá vertigem. Prefiro pensar em flocos de neve no capim, mas aí a gente se perde, e pensar em giz nos dá sono.

O bonde não tem horários fixos.

Penso que é ele que chega rumorejando, se não forem os choupos com suas folhas duras. Está chegando, o bonde, e hoje me levará logo. Estou decidida a deixar o velho de chapéu de palha embarcar na minha frente. Quando cheguei ele já estava na parada, sabe lá fazia quanto tempo. Não parece frágil, mas é magro como sua sombra, meio corcunda, e abatido. Não tem bunda para encher os fundilhos, nem quadris, só os joelhos marcam a calça. Mas se no exato momento em que a porta do bonde se abrir ele resolver escarrar no chão, eu embarco antes dele. Quase todos os assentos estão livres, ele os examina com o olhar e fica de pé. Como é que gente tão velha não fica cansada e insiste em ficar de pé mesmo quando se pode sentar. Às vezes, ouvimos os velhos dizerem: Já vamos ficar deitados tempo suficiente no cemitério. Mas nem estão pensando em morrer, e têm razão. Não há uma ordem fixa, jovens também morrem. Sempre que não preciso ficar de pé, eu me sento. Viajar sentado é como caminhar sentado. O homem me examina, é fácil perceber isso no carro vazio. Hoje estou sem vontade de conversar, senão perguntaria o que é que ele vê em mim. Nem se apercebe que seu olhar me incomoda. Lá fora passa metade da cidade, alternando-se entre árvores e casas. Dizem que gente de idade sente mais do que pessoas jovens. Talvez ele até perceba que hoje tenho na bolsa uma toalhinha de rosto e pasta de dentes, além de uma escova. Mas nada de lenço, pois não pretendo chorar. Paul nem percebeu como eu estava com medo de que hoje Albu pudesse me levar para a cela debaixo do seu gabinete. Eu não lhe disse nada; se acontecer, ele vai saber logo. O bonde anda devagar. O chapéu de palha do velho tem uma fita manchada, provavelmente de suor ou chuva. Como sempre, Albu vai me saudar com um beijo na mão molhado de cuspe.

O major Albu pega minha mão nas pontas dos dedos e aperta tanto minhas unhas que quase solto um grito. Beija meus dedos com o lábio inferior, o superior fica livre para poder falar. Sempre beija minha mão do mesmo jeito, mas ao falar, cada vez diz uma coisa diferente:

Ora, ora, hoje seus olhos estão inflamados.

Parece que você está ficando com buço, meio cedo na sua idade.

Ora, hoje a mãozinha está gelada, espero que não sejam problemas de circulação.

Ora, ora, sua gengiva está murchando como se você fosse a sua avó.

Minha avó não envelheceu, eu digo, ela nem teve tempo de perder os dentes. Albu deve saber o que aconteceu com os dentes de minha avó, por isso menciona o fato.

Uma mulher sempre sabe como está sua aparência a cada dia. E que um beijo na mão, primeiro, não deve doer, segundo, não deve ser molhado, terceiro, deve ser dado nas costas da mão. Homens sabem ainda melhor do que mulheres como deve ser um beijo na mão, certamente também Albu. Toda a cabeça dele cheira a Avril, um perfume francês que meu sogro, o comunista de perfumaria, também usava. Nenhuma outra pessoa que conheço compraria esse perfume. No mercado negro custa mais do que um terno numa loja. Talvez se chame Setembro, mas eu sempre reconhecerei aquele odor amargo e fumacento de folhas queimando.

Quando me sento junto da mesinha, Albu vê que esfrego os dedos na saia, não apenas para voltar a senti-los, mas também para limpar o cuspe. Ele revira seu anel de sinete e dá um sorrisinho. E daí, a gente pode limpar o cuspe, ele seca sozinho e não é venenoso. Todo mundo tem cuspe na boca. Tem gente que cospe na calçada e esfrega com o sapato porque nem mesmo na calçada se deveria cuspir. Albu certamente não cospe na calçada, ele banca o cavalheiro refinado nesta cidade onde não o conhecem. Minhas unhas doem, mas nunca ficaram roxas do seu aperto. Elas acabam se descontraindo, como acontece quando está muito frio e a gente entra num lugar quente. O veneno é eu acreditar que meu cérebro escorrega para a frente, sobre a cara. É humilhante, não há outra palavra, sentir-se descalça no corpo inteiro. Só que, quando a melhor palavra ainda não é suficiente, não se pode dizer muita coisa com palavras.

* * *

Desde as três desta manhã escuto o tique-taque do despertador: convocada, convocada, convocada... Quando dorme, Paul encosta o pé em mim, em diagonal sobre a cama, e se afasta tão depressa que, sem acordar, ele próprio se sobressalta. É um hábito seu. Meu sono passou. Fico deitada, acordada, e sei que deveria fechar os olhos para adormecer de novo. Mas não os fecho. Várias vezes desaprendi o sono e tive de aprendê-lo de novo, do jeito que podia. É um processo bem simples, ou então não funciona. Tudo dorme na madrugada, até gatos e cachorros só rondam as latas de lixo metade da noite. Quando se sabe que não se pode mesmo dormir, é mais fácil pensar em algo claro no quarto escuro do que fechar os olhos com força, em vão. Pensar em neve, em troncos de árvore brancos, em aposentos brancos, em muita areia — com isso eu passei o tempo muitas vezes até o dia clarear, quando me dava vontade. Esta manhã podia ter pensado em girassóis, e fiz isso, mas não consegui esquecer que havia sido convocada para as dez em ponto. Como o despertador tiquetaqueava convocada, convocada, convocada, tive de pensar no major Albu, antes mesmo de pensar em mim e em Paul. Hoje, quando Paul se sobressaltou, eu já estava acordada. Quando a janela ficou de cor cinza, eu já tinha visto no teto do quarto a boca de Albu, muito grande, a ponta da língua cor-de-rosa atrás dos dentes inferiores, e sua voz zombeteira:

Não precisa ficar nervosa, estamos apenas começando.

Só quando passo duas, três semanas sem ser convocada, as pernas de Paul me despertam. Fico contente, pois vejo que reaprendi a dormir.

Quando aprendo novamente a dormir e de manhã pergunto a Paul: o que foi que você sonhou, ele nunca se lembra de nada. Eu lhe mostro como ele me toca com os pés, dedos estendidos, depois rapidamente encolhe as pernas e entorta os dedos. Afasto a cadeira da mesa para o meio da cozinha, sento-me, estico as pernas e mostro como ele faz. Às vezes Paul dá risada, e eu digo:

Você ri de si mesmo.

Bom, quem sabe no sonho eu estava andando de moto e te levava comigo, ele diz.

Aquele sobressalto dele é como acelerar e parar bem no meio, imagino eu, e vem da bebida. Mas isso não lhe digo. Nem digo que a noite pega para ela o cambalear das pernas de Paul. Deve ser isso, pois ela ataca primeiro os joelhos, puxa os dedos dos pés, depois invade todo o quarto escuro. E na madrugada, quando a cidade dorme fechada sobre si mesma, sai para o negrume das ruas lá fora. Se não fosse assim, Paul não poderia ficar firme de pé ao acordar. Mas se a noite retira a bebedeira de todos, de manhã deveria estar de pileque até as estrelas. São tantos os que bebem na cidade.

Pouco depois das quatro chegaram os caminhões de entrega na Ladenstrasse, lá embaixo. Eles rasgam o silêncio, resmungam muito e entregam pouco: algumas caixas de pão, leite e verduras, muitos caixotes de bebida. Quando a comida acaba, mulheres e crianças se resignam, as filas se desmancham, os caminhos levam para casa. Mas quando a bebida acaba, os homens amaldiçoam suas vidas e puxam das facas. Os vendedores os acalmam, mas isso dura apenas até chegarem na rua de novo. As primeiras brigas acontecem porque eles não encontram bebida, as outras porque estão embriagados.

A bebida vem da região de colinas entre os Cárpatos e a planície ressequida. Lá as ameixeiras são tão densas que quase não se vêem as minúsculas aldeias. Bosques inteiros, azulados no fim do verão, galhos entortados ao peso das frutas. A bebida tem o nome dessa região de Hügelland, mas ninguém põe esse nome nos rótulos. Não é preciso nenhum nome, só há uma bebida em todo o país, e as pessoas a chamam de acordo com a figura no rótulo: "Duas Ameixas". As duas ameixas com as bochechas encostadas são tão familiares para aqueles homens como a Virgem Maria com o Menino é familiar para as mulheres. Dizem que as ameixas simbolizam o amor entre o beberrão e a garrafa. Para mim, aquelas ameixas com bochechas encostadas se parecem mais com retratos de casamento do que com Maria e o Menino. Em nenhuma imagem da igreja a cabeça da criança está na mesma altura que a de sua mãe. A criança encosta a testa na face da santa, a bochecha no pescoço dela, e o queixo junto ao peito dela. Além disso, a relação entre o beberrão e a garrafa é como a dos casais em retratos de casamento: eles se anulam mutuamente e não se largam nunca.

No retrato de meu casamento com Paul não seguro flores nem tenho véu. O amor rebrilha novo em meus olhos, mas estou me casando pela segunda vez nesse retrato. Nossas bochechas se encostam como duas ameixas. Desde que Paul passou a beber tanto, nosso retrato de casamento passou a ser profético. Quando Paul fica na cidade até tarde da noite em suas andanças etílicas, tenho medo de que ele nunca mais volte para casa, e encaro tanto o retrato de casamento na parede que a visão se desloca. Então nossos rostos ficam borrados, a posição de nossas faces se modifica, entre elas há um pouquinho de espaço. Em geral, a bochecha de Paul se dilui afastando-se da minha, como se ele viesse tarde para casa. Mas ele volta, Paul sempre voltou para casa, até mesmo depois do acidente.

Às vezes um carregamento de vodca de capim chega da Polônia, doce-amargo, amarelo. É o que se vende primeiro. Em cada garrafa há um longo talo de capim bêbado, que tremula quando se serve a bebida, mas jamais tomba ou sai do frasco. Os bebedores dizem:

O talo permanece na garrafa assim como a alma fica no corpo, por isso o capim cuida da alma.

Essa crença acompanha o gosto de fogo na boca e da embriaguez que bruxuleia no cérebro. Os bebedores abrem a garrafa, a bebida gorgoleja sendo servida no copo, o primeiro gole escorre na garganta. A alma que tremula sempre, nunca tomba, e jamais deixa o corpo, começa a ser cuidada. Paul também cuida de sua alma e não é preciso dizer, nem um só dia, que sua vida é insuportável. Talvez fosse boa sem mim, mas gostamos de estar juntos. A bebida faz passar o dia e a noite faz passar a bebedeira. Dos tempos em que eu ainda trabalhava na confecção de manhã, sei que os operários diziam: A engrenagem da máquina de costura se lubrifica pela rodinha, a engrenagem humana se lubrifica pela garganta.

Naquele tempo, Paul e eu íamos todos os dias de moto para o trabalho às cinco da manhã em ponto. Olhávamos os caminhões de fornecedores diante das lojas, os motoristas, os carregadores, os vendedores e a lua. Agora só escuto o barulho e não vou até a janela, nem contemplo a lua. Ainda recordo que ela brota da cidade, como um ovo de ganso, de um lado do céu, e que do outro lado nasce o sol. Nada mudou, mesmo antes de eu conhecer Paul e caminhar a pé até o bonde, era tudo assim. Quando caminhava, eu nem percebia que havia algo de belo lá em cima no céu, e que na terra não havia nenhuma lei proibindo olhar para cima. Portanto, era permitido roubar um pequeno encantamento do dia, antes que a fábrica o tornasse miserável. Eu sentia frio porque não me fartava de contemplar as coisas, não porque estivesse com pouca roupa. Naquela hora a lua está quase toda comida, e quando chega à cidade não sabe aonde ir. O céu tem de se desprender do chão quando clareia. As ruas correm íngremes para baixo e para cima na terra plana. Os bondes rodam de um lado para outro como quartos iluminados.

Também conheço os bondes pelo lado de dentro. Quem embarca a essa hora usa mangas curtas, carrega sua bolsa de couro gasta e tem a pele arrepiada de frio nos braços. Cada um que entra é analisado com olhares lentos. Estamos entre nós, a classe operária. Gente melhor vai de carro até o trabalho. E entre nós, comparamos: esse tem vida um pouco melhor, aquele, pior. Ninguém tem vida exatamente como a nossa, isso não existe. Temos pouco tempo, logo chegam as fábricas, e os embarcados vão descendo. Sapatos lustrados ou poeirentos, saltos retos ou gastos, colarinho bem passado ou enrugado, unhas, pulseiras de relógio, fivelas de cinto, repartição de cabelo, tudo provoca inveja ou desdém. Nada pode se ocultar de olhares sonolentos, nem mesmo na multidão. A classe operária procura diferenças, não há igualdade pela manhã. O sol viaja com eles e puxa as nuvens para o alto, brancas e vermelhas, para o calor do meio-dia. Ninguém veste casaco, o frio matinal significa ar puro, porque ao meio-dia haverá poeira densa e calor infernal.

Quando não sou convocada, a essa hora ainda podemos dormir horas a fio. Em lugar de negro profundo o sono do dia é plano e amarelo. Dormimos inquietos, o sol incide em nossos travesseiros. Mas mesmo assim podemos abreviar o dia. Seremos observados cedo o bastante, o dia não foge. Sempre podemos ser criticados por alguma coisa, mesmo que se durma quase até o meio-dia. De qualquer modo sempre nos acusam de algo que não se pode modificar. Dormimos, mas o dia espera por nós, a cama não é um outro mundo. Só nos deixarão em paz quando estivermos deitados junto de Lili.

Naturalmente Paul também precisa gastar sua bebedeira dormindo. Só pelo meio-dia é que sua cabeça fica firme no pescoço, sua boca consegue falar de novo, as palavras não são balbuciadas com uma voz emprestada da embriaguez. Só seu hálito ainda cheira, e na hora em que ele entra na cozinha é como se eu estivesse passando pela porta aberta do bar lá embaixo. Desde a primavera os horários para se beber estão regulamentados, e só se pode consumir álcool depois das onze. Mas o bar ainda abre às seis, e até as onze a bebida é servida em xícaras de café, depois vêm os copos.

Paul bebe e não é mais o mesmo, dorme até passar a embriaguez e volta a ser ele mesmo. Por volta do meio-dia tudo estaria bem de novo, mas volta a se estragar. Paul cuida de sua alma até que o capim-de-búfalo fica a seco, e eu fico pensando em quem somos, ele e eu, até que finalmente não entendo mais nada. Quando nos sentamos à mesa da cozinha pelo meio-dia, é errado conversar sobre a bebedeira de ontem. Mesmo assim, às vezes falo uma coisa, às vezes outra:

A cachaça não muda nada.

Por que você torna minha vida tão difícil.

Ontem tua bebedeira foi maior do que esta cozinha.

Sim, o apartamento é pequeno, eu não quero fugir de Paul, mas quando ficamos em casa nos sentamos vezes demais na cozinha durante o dia. À tarde ele já está bêbado e à noite mais ainda. Adio a conversa porque ele vai ficando de mau humor. Espero durante a noite, até quando ele se senta de novo na cozinha sóbrio, com olhos esbugalhados na testa. Tudo que então digo é simplesmente ignorado por ele. Eu queria que Paul me desse razão ao menos uma vez. Mas bebedores nunca admitem nada, nem mesmo em silêncio para si mesmos, e também não permitem que ninguém extraia nada deles, muito menos alguém que espera ouvir a admissão. Ao acordar Paul já pensa em beber e nega isso. Por isso não existe verdade. Quando não ignora, calado, o que lhe digo, fica me dizendo o dia todo:

Não se preocupe, eu não bebo por desespero, mas porque me dá prazer.

Pode ser, eu digo, você pensa com a língua.

Paul fita o céu pela janela da cozinha, ou contempla o fundo da xícara. Mete a ponta do dedo nas gotas de café sobre a mesa como para se convencer de que são molhadas e se espalham quando ele as esfrega. Ele pega minha mão, eu olho o céu pela janela da cozinha, olho para a xícara, também meto a ponta do dedo em uma ou outra gota de café na mesa. O pote de esmalte vermelho nos encara, eu devolvo seu olhar. Paul não, porque isso significaria que hoje teria de fazer algo diferente do que fez ontem. Ele é forte ou fraco quando se cala em vez de dizer: Hoje não vou beber.

Ontem Paul disse de novo:

Não se preocupe, seu homem bebe porque sente prazer.

As pernas o levaram pela soleira, pesado demais, leve demais, como se dentro delas houvesse areia e ar misturados. Botei minha mão no seu pescoço, acariciei a barba por fazer, que gosto tanto de tocar de manhã, os pêlos que cresceram durante o sono. Ele puxou minha mão até perto de seus olhos, ela escorregou pela sua face até o queixo. Não retirei meus dedos, só pensei:

A gente não devia encostar nada na bochecha depois de ter visto a figura das duas ameixas.

Gosto de escutar Paul falar assim no fim da manhã, mas ao mesmo tempo não me agrada. Quando me afasto dele, ele encosta em mim o seu amor, que chega tão nu que Paul nem precisa mais falar nada. Nem esperar nada. Minha aquiescência está sempre a postos, não há censuras na minha língua. E a que tenho na mente some depressa. Ainda bem que eu não me enxergo, acho que meu rosto fica estúpido e pálido. Ontem de manhã, da ressaca de Paul escapou mais uma vez uma carícia de gato de patas macias. SEU HOMEM — só fala assim quem não está bom da cabeça e mostra muito orgulho nos cantos da boca. Embora a carícia do meio-dia abra caminho para a bebedeira noturna, eu dependo dela e não me agrada ver quanto preciso dela.

O major Albu diz: Eu vejo o que você pensa, não adianta negar, estamos só perdendo tempo. Nós não, eu, afinal ele está trabalhando. Levanta a manga e olha o relógio. O que está marcado ali é o tempo, não o que eu penso. Se Paul não enxerga o que eu penso, certamente este homem não enxerga.

Paul dorme junto da parede e eu na beira da cama porque seguidamente tenho insônia. Mesmo assim depois de acordar ele sempre repete:

Você estava deitada no meio e me apertou contra a parede.

E eu respondo:

Não pode ser, meu lugar era tão apertadinho como o fio do varal, você é que estava no meio da cama.

Um de nós podia dormir na cama, o outro no sofá. Já experimentamos. Uma noite me deitei no sofá, na outra foi Paul. Nas duas noites eu só fiquei me revirando de um lado para outro. Minha cabeça moía pensamentos, e de madrugada, no entressono, tive pesadelos. Duas noites cheias de pesadelos que, enfileirados, passaram o dia todo querendo me pegar. Quando me deitei no sofá, meu primeiro marido botou a mala sobre a ponte do rio, agarrou meu pescoço e deu risadas estentóreas. Depois olhou a água e assobiou a canção em que o amor se quebra e a água do rio fica preta como tinta. Não parecia tinta, eu vi, e dentro da água vi o rosto dele, de cabeça para baixo e me olhando do fundo de cascalho. Então um cavalo branco comia abricós debaixo de árvores densas. A cada abricó, erguia a cabeça e cuspia a semente como uma pessoa. E quando me deitei na cama sozinha, alguém me pegou por trás, pelos ombros, e disse:

Não olhe para trás, eu não estou aqui.

Não virei a cabeça, espiei só pelos cantos dos olhos. Eram os dedos de Lili que me seguravam, sua voz era a voz de um homem, portanto não era ela. Levantei minha mão para tocar nela. Então a voz disse:

O que não se vê não se toca.

Eu vi os dedos, eram os dela, só que outra pessoa os estava usando. E essa pessoa eu não vi. E no sonho seguinte meu avô podava um arbusto de hortênsias coberto de neve e me chamava para junto de si: Venha cá, eu tenho um cordeirinho.

A neve caía sobre a calça dele e a tesoura cortava flores manchadas de marrom por causa do gelo. Eu disse:

Mas isso não é um cordeirinho.

Também não é uma pessoa, ele disse.

Os dedos dele estavam rígidos e só lentamente conseguiam abrir e fechar a tesoura. Eu não sabia direito se o que rangia era a tesoura ou a mão dele. Joguei a tesoura na neve. Ela afundou e não se via onde tinha caído. Ele procurou por todo o pátio, o nariz bem perto da neve. Quando chegou ao portão do jardim, pisei nas mãos dele para que ele olhasse para cima e não saísse pelo portão, para procurar por toda a rua branca. Eu disse:

Pare com isso, o cordeirinho congelou e a lã queimou de frio.

Havia ainda uma hortênsia junto da cerca do jardim, toda pelada. Eu apontei para lá:

O que aconteceu com ela.

Essa é a pior de todas, ele disse, vai ter filhotes na primavera. Isso é impossível.

Depois da segunda noite, Paul comentou ao amanhecer:

Quando estorvamos um ao outro é porque pelo menos temos alguém. Só no caixão se dorme sozinho, e isso acontecerá logo. Devíamos ficar juntos de noite. Ninguém sabe o que ele sonhou e logo esqueceu.

Ele falava de dormir, não de sonhar. Esta manhã, às quatro e meia, contemplei, na luz cinzenta, Paul adormecido, um rosto contorcido com papada dupla. E na rua de lojinhas lá embaixo alguém praguejava e ria bem alto àquela hora da madrugada. Lili dizia:

Praguejar exorciza o Mal.

Tire o pé daí, seu burro. Agache-se, ou tem merda nos sapatos. Abra essas orelhas de abano pra escutar melhor, mas cuide pra não sair voando no vento. Esqueça o cabelo, ainda estamos descarregando. Uma mulher soltou uns cacarejos baixos e roucos de galinha. Uma porta de caminhão bateu com força. Segure firme, seu animal. Se quer descansar, vá pro asilo.

As roupas de Paul no assoalho. No espelho da porta do armário aparecia o dia de hoje, e neste dia estou convocada. Então me levantei, pé direito primeiro no chão, como sempre que sou convocada. Não sei se acredito nisso, mas mal não faz.

Eu gostaria de saber se com outras pessoas o cérebro é responsável pela razão e pela felicidade. Comigo, o cérebro consegue apenas formar uma pequena felicidade. Para formar uma vida, não basta. Pelo menos não para formar a minha vida. Já me ajeitei com a felicidade que tenho, embora Paul diga que não é felicidade. A cada dois dias eu digo:

Estou ótima.

O rosto de Paul, quieto e tranqüilo à minha frente, me encara admirado como se não importasse que temos um ao outro. Ele diz:

Você está ótima porque esqueceu o que isso significa para outras pessoas.

Talvez outras pessoas se refiram à vida toda, ao dizer: Estou ótimo. Eu falo apenas da minha felicidade. Paul sabe que não me ajeitei com a vida, e não quero dizer simplesmente que ainda não, que é só uma questão de tempo.

Olhe para nós, diz Paul, e pare de falar em felicidade.

A luz no banheiro projetava um rosto no espelho. Foi tão depressa como um punhado de farinha voa até uma vidraça. Então o rosto tornou-se uma imagem com rugas de sapo ali onde ficam os olhos, e se parecia comigo. A água escorreu quente sobre minhas mãos, meu rosto estava frio. Para mim não é novidade, ao escovar os dentes, que a pasta saia espumando de meus olhos. Sinto náusea, cuspo e paro. Desde quando passei a ser convocada separo a vida da felicidade. Quando vou ao interrogatório, tenho de deixar a felicidade em casa. Deixo-a no rosto de Paul, em torno de seus olhos, de sua boca, em sua barba por fazer. Se a gente pudesse enxergar isso, o rosto de Paul estaria recoberto por algo transparente. Sempre que tenho de ir preferiria ficar em casa, como fica o medo que não posso remover de Paul. Como a felicidade que deixo ali quando estou fora. Ele não sabe, nem suportaria saber, que minha felicidade depende do medo dele. Mas ele sabe o que qualquer um vê, que sempre que sou convocada visto a blusa verde e como uma noz. A blusa herdei de Lili, mas o nome dela vem de mim: A blusa que cresce. Se eu levar a felicidade comigo, ficarei com os nervos fracos demais. Albu diz:

Para que ficar nervosa, nós estamos apenas começando.

Eu nem fico nervosa, mas todos os meus nervos ressoam como o bonde que passa na rua.

Dizem que, em jejum, noz é bom para os nervos e o raciocínio. Qualquer criança sabe disso, mas eu tinha esquecido. Isso não me ocorreu porque sou convocada tantas vezes, foi apenas por acaso. Hoje eu devia estar com Albu às dez em ponto, e às sete e meia já estava pronta para sair. O trajeto não dura mais do que uma hora e meia. Tiro duas horas e, se chego cedo demais, fico vagando pelas redondezas. Nunca cheguei tarde, e imagino que ali não se tolere nenhum relaxamento.

Acabei comendo a noz porque às sete e meia já estava pronta. Antes também era sempre assim quando eu era convocada, mas nessa manhã havia uma noz na mesa da cozinha. Paul a encontrara no dia anterior no elevador e a metera no bolso porque não se deixa uma noz assim. Era a primeira do ano, ainda tinha fiapos úmidos da casca verde grudados. Sopesei-a na mão, era leve demais para ser uma noz nova, como se estivesse oca. Não encontrei martelo, então a abri com a pedra que antes estava no vestíbulo, mas agora fica num canto da cozinha. A semente da noz estava solta. Tinha gosto de nata azeda. Nesse dia o interrogatório foi mais breve, não fiquei nervosa e quando estava de volta na rua pensei:

Foi graças àquela noz.

Desde então acredito que nozes ajudam. Na verdade, não acredito nisso, mas quero ter feito todo o possível, tudo que possa ajudar. Por isso uso a pedra como ferramenta e sempre quebro a noz na mesma hora. Se ela fica aberta durante a noite, perde sua força. Não apenas para os vizinhos e Paul, também para mim essas batidas seriam mais toleráveis à tardinha, mas não admito que me digam que hora é boa para quebrar nozes.

A pedra eu trouxe dos Cárpatos. Meu primeiro marido estava no exército desde março. Ele me escrevia toda semana uma carta choraminguenta, e eu respondia com um cartão consolador. Era verão, e eu podia calcular precisamente quantas cartas e cartões ainda teriam de circular entre nós até ele voltar. Como meu sogro quisesse substituir meu marido e dormir comigo, tudo me incomodava no jardim e na casa. Depois que ele saiu para o trabalho cedo de manhã, arrumei a mochila e a coloquei nos arbustos diante de um buraco na cerca. No fim da manhã saí para a rua de mãos vazias. Minha sogra pendurava roupa no varal e não percebeu o que eu ia fazer. Eu não disse uma palavra, peguei a mochila pela cerca e fui até a estação. Segui até as montanhas e me juntei a um grupo de recém-formados da academia de música. Todo dia, até escurecer, tropeçávamos de um lago de geleira a outro. Em cada margem havia cruzes de madeira com o dia da morte dos afogados inscrito, plantadas entre pedregulhos. Cemitérios debaixo d'água e cruzes em torno, como presságios de dias difíceis. Como se aqueles lagos redondos fossem famintos e precisassem de carne todo ano, nos dias marcados naquelas cruzes. Aqui ninguém mergulhava à procura dos mortos. A água cortava a vida num só golpe, a gente congelava imediatamente. Os formandos cantavam enquanto o lago os refletia, de pé, de cabeça para baixo, para conferir se dariam bons cadáveres. Caminhando, descansando e comendo, eles cantavam em coro. Não me espantaria se à noite, dormindo, cantassem a várias vozes, como faziam nos picos despidos onde o céu soprava na boca da gente. Eu tinha de permanecer com o grupo porque a morte não devolve nenhum caminhante que se perde por ali sozinho. Durante o dia os lagos faziam nossos olhos crescerem, os círculos aumentando e as bochechas perdendo terreno, eu via isso em cada rosto. E as pernas encurtavam mais a cada dia. Mesmo assim, no último dia eu quis levar alguma lembrança para casa, então em meio a todo aquele pedregulho encontrei uma pedra parecida com um pezinho de criança. Os músicos procuravam pedrinhas chatas para segurar na mão, como pedras relaxantes. As pedras deles pareciam botões de sobretudo, e eu estava farta deles, da época em que trabalhara na confecção. Mas aqueles músicos acreditavam na força das pedras relaxantes como eu hoje acredito em nozes.

Não posso mudar isso: vesti a blusa verde que cresce, e golpeio duas vezes com a pedra, a louça treme na cozinha, e a noz se parte. Enquanto eu como, Paul chega de pijama, assustado com as batidas, bebe um ou dois copos de água, dois quando esteve totalmente bêbado como ontem. Não preciso entender cada palavra, sei perfeitamente o que ele diz enquanto bebe água:

Você não acredita realmente que essa noz adiante alguma coisa.

Claro que não acredito de verdade, como não acredito em nenhuma das rotinas que desenvolvi. Portanto, ainda maior é a minha teimosia.

Me deixe acreditar no que quero.

Paul não diz mais nada, porque nós dois sabemos que não está certo brigarmos antes do interrogatório, é preciso manter a mente clara. Apesar da noz, a maioria dos interrogatórios é torturantemente longa. Mas como posso saber se sem a noz não seriam piores. Paul não entende que dependo ainda mais das coisas a que me habituei quando ele as desdenha com sua boca molhada e o copo que está esvaziando, antes de o largar.

As pessoas que são convocadas se habituam a coisas que ajudam um pouco. Não importa se elas funcionam ou não. Eu me habituei a essas coisas, elas chegaram se esgueirando, uma após a outra.

Paul diz:

Você se ocupa de cada coisa.

Em vez disso, ele se preocupa com as perguntas que me aguardam quando sou convocada. Isso, ele pensa, é o necessário, e o que eu faço é maluquice. Seria necessário se as perguntas para as quais ele me prepara realmente me aguardassem lá. Mas até agora sempre me fizeram perguntas totalmente diferentes.

Seria pedir demais que as coisas a que me habituei me adiantassem. Elas até que adiantam, mas não a mim. Adiantam para alguma coisa, isto é, quando muito, a viver aquele dia. Não faz sentido esperar que elas encham a cabeça da gente com pensamentos felizes. Há muito que dizer sobre a vida, mas essencialmente nada sobre a felicidade, porque assim que a gente abre a boca, ela some. Nem mesmo a felicidade perdida suporta ser falada. As coisas a que me habituei têm a ver com a passagem de um dia a outro, não com felicidade.

Certamente Paul tem razão, a noz e a blusa que cresce só aumentam o medo. Bom, e por que a gente tentaria obter felicidade quando só consegue com isso aumentar o medo. Eu me ocupo constantemente com isso, imperturbada, e portanto não sou tão exigente quanto outras pessoas. Ninguém deseja o medo que outros preparam para si. Com a felicidade acontece o contrário, por isso ela não é um bom objetivo, nem mesmo para um dia.

A blusa verde que cresce tem um grande botão de madrepérola que escolhi e peguei para Lili, entre muitos outros botões na fábrica.

No interrogatório fico sentada junto da mesinha, mexendo no botão e respondendo com calma, ainda que todos os meus nervos estejam zumbindo. Albu anda de um lado para outro, e o fato de que precisa fazer as perguntas certas corrói sua paz tanto quanto a necessidade de dar as respostas certas corrói a minha. Enquanto eu permanecer indiferente, há uma chance de que ele faça alguma coisa errada, talvez tudo. Quando volto do interrogatório para casa visto a blusa cinzenta. Ela se chama a blusa que espera. É de Paul. Claro que muitas vezes me preocupo com esses nomes. Mas não causaram nenhum mal, nem mesmo nos dias em que fui convocada. A blusa que cresce me ajuda, e a blusa que espera talvez ajude Paul. O medo que ele sente por mim é da altura do teto, assim como o meu medo por ele quando fica sentado em casa esperando e bebendo, ou quando sai pelo seu roteiro de bebedeiras na cidade. É mais fácil quando é a gente que sai de casa, levando o medo e deixando a felicidade, e o outro nos espera. Ficar sentada em casa esperando estica o tempo até quase arrebentar. E aguça o medo ao máximo.

Atribuo aos objetos a que me habituei coisas que um ser humano não pode fazer. Albu grita:

Está vendo, tudo está ligado.

E eu mexo no botão grande de minha blusa e digo: Na sua cabeça, não na minha.

O velho de chapéu de palha desviou de mim seus olhos aguados, pouco antes de descer. Agora um pai com uma criança no colo está no assento em frente, e estica as pernas no corredor. Ele não acha nenhuma graça em olhar pela janela e ver a cidade passar. A criança mete o dedo indicador no nariz do pai. Dobrar o dedo e procurar meleca, isso a gente aprende cedo. Mais tarde nos dizem que só se procura meleca no próprio nariz, e quando ninguém vê. Para o pai ainda não é tarde demais; ele sorri, quem sabe até gosta. O bonde pára fora do ponto, o condutor desce. Sabe lá quanto tempo ficaremos parados aqui. É só o começo da manhã, e no meio do trajeto ele se permite uma pausa. Aqui qualquer um faz o que bem entende. Ele vai até as lojas, arruma calça e camisa para não verem que largou seu bonde no meio da rua. E faz uma pose de quem, entediado de ficar sentado no sofá, resolve botar o nariz no sol lá fora. Se quiser comprar algo na loja, vai ter de dizer quem é, ou precisará ficar na fila. Se for só tomar cafezinho, espero que o faça de pé. Ele não ousaria beber, mesmo que mantenha sua janela aberta. Todos nós aqui sentados temos direito de cheirar a bebida, menos ele. Mas ele age como se fosse o contrário. Minhas convocações me colocam na mesma situação que ele no que diz respeito à bebida. Eu preferia não poder beber pelos motivos dele, do que pelos meus. Sabe lá quando ele volta.

Desde que comecei a deixar minha felicidade em casa, não fico mais tão paralisada como antes na hora daquele beijo na mão. Dobro os dedos para cima, para que as juntas impeçam Albu de falar. Paul e eu treinamos o beija-mão. Como desejávamos saber se o anel de sinete de Albu, no dedo médio, é importante para esmagar meus dedos na hora do beijo, fiz um anel com um pedaço de borracha e um botão de sobretudo. Nós dois o botamos alternadamente, e rimos tanto que por fim esquecemos o motivo do exercício. Desde então sei que não devo dobrar minha mão de repente, mas cada vez um pouquinho mais para cima. Então os nós dos dedos encostam na gengiva dele e não o deixam falar. Às vezes, quando Albu beija minha mão, eu me lembro dos treinos com Paul, e as dores nas unhas e a saliva não me humilham tanto. A gente sempre aprende, mas não posso demonstrar isso, e não devo rir em nenhuma hipótese.

Na torre inclinada, onde Paul e eu moramos, pode-se observar, da rua, passeando por ali ou mesmo de um automóvel, apenas a entrada e os andares inferiores. Do quinto andar para cima os apartamentos ficam alto demais, e certamente é preciso usar de técnicas refinadas para ver detalhes. Além disso, a fachada faz uma curva para fora bem no meio de sua altura. Olhando para cima por muito tempo, os olhos da gente escorrem para dentro da testa. Eu experimentei muitas vezes, o pescoço se cansa. A torre inclinada é assim já há doze anos, desde o começo, diz Paul. Quando quero explicar a alguém onde moro, basta mencionar a torre inclinada. Todo mundo na cidade sabe onde é e pergunta:

Você não tem medo de que ela desabe.

Não tenho medo, ali tem concreto.

Como as pessoas, quando falo isso, logo olham para o chão como se meu rosto lhes causasse vertigens, eu digo:

Qualquer outra coisa nesta cidade vai desabar antes dela.

Então elas balançam a cabeça como para controlar o tremor das veias do pescoço.

É vantagem para nós que nosso apartamento fique tão no alto, mas a desvantagem é que Paul e eu daqui de cima não vemos bem o que acontece lá embaixo. Do sétimo andar não se reconhecem nitidamente os objetos menores do que uma mala, e, afinal, quem é que carrega uma mala. Os trajes ficam borrados, suas cores são grandes manchas, rostos entre cabelo e roupa são manchas pequenas. Pode-se tentar adivinhar que aspecto têm nariz, olhos ou dentes daquelas manchinhas, mas para quê. Velhos e crianças se reconhecem pelo andar. Entre nosso prédio e a rua do comércio ficam, no capim, os latões de lixo, e ao lado deles a calçada. E da calçada saem dois caminhos estreitinhos que dão a volta nos latões, sem chegarem a se encontrar. Aqui do alto os latões de lixo parecem armários remexidos sem portas. Uma vez por mês botam fogo neles, a fumaça sobe alto, o lixo é devorado. Se não fechamos as janelas, os olhos ardem e a garganta coça. A maior parte das coisas acontece nas entradas das lojas, mas infelizmente só vemos as portas dos fundos. Por mais que contemos, nunca conseguimos fazer a correspondência entre as vinte e sete portas de fundos e as oito portas de frente de mercearia, padaria, quitanda, farmácia, bar, sapataria, cabeleireiro e jardim-de-infância. Uma parede de fundos inteira cheia de portas, e mesmo assim muitos caminhões de entrega param na rua da frente.

O velho sapateiro queixava-se de falta de espaço, e dos ratos. Sua oficina está restrita à bancada de trabalho cercada por tábuas pregadas. Meu antecessor instalou a oficina quando era uma construção nova, disse o sapateiro, e as paredes de tábuas já estavam aqui. Meu antecessor não tinha imaginação, ou não tinha tempo, e não aproveitou as tábuas. Eu preguei as tábuas, e desde que pendurei os sapatos pelos cadarços, tiras ou saltos, eles não são mais roídos. Não posso deixar os ratos roerem tudo, pois eu é que tenho de pagar o prejuízo. Especialmente no inverno, quando eles têm mais fome. Atrás das tábuas o aposento tem o tamanho de um salão. Bem no começo, certa vez eu vim à oficina num feriado, soltei duas tábuas aqui debaixo desta bancada, e me enfiei ali com a lanterna de bolso. Não se pode botar o pé em parte alguma, todo o chão corre e guincha, ele disse, tudo cheio de ninhos de rato. Eles não precisam de portas, só tocas na terra. Nas paredes há uma quantidade monumental de tomadas, e na parede dos fundos há quatro portas que levam para os lixões. Não se pode abrir essas portas, nem uma frestinha, para espantar os ratos ao menos por umas horas. As portas da oficina são apenas pedaços de zinco, e na parede dos fundos da Ladenstrasse mais do que metade das portas são pedaços de zinco pregados. Quiseram economizar no concreto, e as tomadas provavelmente são para o caso de uma guerra. Sempre vai haver guerra, riu ele, mas não aqui entre nós. Os russos nos têm na mão por causa de vários pactos, esses não vêm. Mandam levar para Moscou tudo de que precisam, nossos cereais e nossa carne. Passar fome e levar surras, isso fica para nós. Quem haveria de nos conquistar, se isso só lhes causaria despesas. Qualquer país fica feliz de não nos possuir, até mesmo os russos.

O condutor volta comendo um pãozinho, e parece não ter pressa alguma. Sua camisa saiu outra vez da calça, como se ele tivesse estado dirigindo todo esse tempo. Com o pãozinho na mão e uma bochecha inflada, ele passa a mão pelo cabelo, o rosto entortado como se isso fosse necessário ao mastigar. Na escada ele se arruma todo, mas não é para nós. Para nós faz cara amarrada, para que ninguém no bonde ouse fazer um comentário. Ele embarca, na outra mão um segundo pão, e um terceiro espia do bolso de sua camisa. O bonde parte devagar. O pai com a criança agora recolheu as pernas do corredor e as ajeitou entre os assentos. A criança lambe a vidraça, e o pai, em vez de afastar a criança, sustenta seu pescoço com a mão para que a lingüinha vermelha alcance o vidro. Esta vira a cabeça, olha o pai, agarra sua orelha e começa a tagarelar. Ele não limpa o queixo molhado do filho. Talvez esteja realmente escutando. Mas, bem distraído, ele olha através da saliva na vidraça, como se fosse normal vidraças gotejarem. Na parte de trás de sua cabeça, cabelo bem curto, como pêlo. E a linha calva de uma cicatriz.

Quando o verão chegou, e apareceram as primeiras pessoas em mangas curtas, Paul e eu passamos uma semana inteira suspeitando de um homem que até hoje aparece diariamente às dez para as oito de mãos vazias vindo da Ladenstrasse, fica vagando pelo caminho em torno dos latões de lixo, depois volta para a calçada e retorna à Ladenstrasse. Paul começou a achar aquilo muito esquisito, enfiou papel num saco plástico, pegou-o e seguiu aquele homem. Voltou só à uma da tarde com um pão branco e comprido, bom de carregar debaixo do braço. Com ele desceu para a rua na manhã seguinte às sete e quinze, e às dez para as oito, quando o homem andou em volta dos latões de lixo, Paul voltou para casa com o pão meio partido. O homem tem cerca de quarenta anos, usa corrente de ouro com crucifixo, e num braço tem a tatuagem de uma âncora, no outro, o nome Ana. Mora numa casa verde-clara, numa fileira de casas na Maulbeerstrasse, e todas as manhãs, antes de rodear as latas, entrega no jardim-de-infância um menininho que chora. Não tem nada a fazer em nosso bloco residencial quando volta do jardim-de-infância para casa, a não ser se distrair um pouco. Embora um desvio repetido diariamente não seja distração. Paul diz:

Esse cara vem até as latas de lixo porque elas ficam perto do bar onde há pouco, com o coração pesado, ele renunciou a entrar.

O cheiro de bebida que emana do lixo apodrecendo alivia sua consciência pesada, então ele pode voltar agora e pedir o primeiro copo no bar. Todos os demais copos virão por si. Pelas nove horas um homem se senta perto dele, bebendo só duas xícaras de café mas permanecendo à mesa dele até cinco para o meio-dia, quando é hora de ele apanhar a criança. A criança também chora ao meio-dia, quando ela o vê esperando.

Para mim as latas de lixo não fedem a bebida, mas para beberrões pode ser diferente. Porém, por que ele também ergue a cabeça e olha para cima ao passar lá embaixo. E quem é aquele cinqüentão no terno de verão marrom de mangas curtas, que faz companhia a ele no bar. Acho que Paul fala de si mesmo quando comenta que o homem estica o pescoço para o céu a caminho de casa para resistir aos sentimentos de culpa por ter bebido. E por que essa criança chora quando ela o vê, talvez ele seja um estranho. Paul não sabe de nada, mas diz:

Mas quem é que ia emprestar uma criança.

Ele nunca vai fazer compras, ou saberia que pessoas emprestam crianças para conseguir na loja mais porções de carne, leite e pão.

Por que é que Paul diz que o beberrão vem para aqui e vai para lá todas as manhãs e no almoço, se apenas o seguiu em segredo um dia de manhã e no almoço. Tudo pode ser acaso, não hábito. Albu é experiente nessas coisas. A espaços breves ou longos, para me perturbar, ele pergunta pelo menos três vezes a mesma coisa, antes de se satisfazer com a resposta. Só então ele diz:

Viu, agora as coisas fazem sentido.

Paul acha que eu mesma devo seguir o beberrão, se não estou satisfeita com o que ele descobriu. Prefiro não fazer isso, pois com um saco de papel na mão ou pão debaixo do braço a gente não se torna invisível; antes, pode se trair.

Não me posto mais na janela às dez para as oito, embora todas as manhãs me lembre de que o beberrão está passando lá embaixo de pescoço esticado. Também não digo mais nada, porque Paul fica tão agressivo que dá a impressão de que precisa, para viver, daquele beberrão e não de mim. Como se nossa vida ficasse mais fácil se o homem apanhado entre seu filho e seu vício não passasse de um pai atormentado.

Pode ser assim, eu digo, mas ele também pode estar nos espionando.

O condutor raspou os grãos de sal do seu segundo pãozinho. Os grãos graúdos picam a língua e arranham o esmalte dos dentes. Sal também dá sede, talvez ele não queira beber água o tempo todo, porque no trajeto não pode ir ao banheiro, e porque a gente sua mais quando bebe muito. Meu avô contava que no campo de concentração as pessoas limpavam os dentes com o sal da água evaporada. Botavam o sal na boca e esfregavam os dentes com a ponta da língua. Mas aquele sal era fino como pó. O condutor comeu o primeiro pãozinho, depois bebeu da garrafa, espero que tenha sido água. Pelo cruzamento passa um caminhão aberto, com ovelhas. Estão tão apertadas umas contra as outras que não podem cair por mais que o caminhão sacoleje. Não se vêem cabeças nem ventres, só lã branca e preta. Somente agora, na curva, percebo uma cabeça de cachorro entre elas. E na frente, ao lado do motorista, um homem com um chapeuzinho de montanhês verde-pinheiro, como o que os pastores de ovelhas usam. Provavelmente o rebanho de ovelhas está trocando de pastagem, pois no matadouro não se precisa de cachorro.

Muitas coisas pioram quando são faladas. Eu me habituei a me calar a tempo, e mesmo assim em geral é tarde demais, porque mais cedo ou mais tarde sempre quero dizer o que penso. Sempre que Paul e eu não entendemos o que atormenta outras pessoas, começamos a brigar. A exaltação aumenta depressa, cada palavra provoca outra mais barulhenta ainda. Penso que vemos no beberrão aquilo que mais nos atormenta. E essas coisas são diferentes para cada um de nós, embora a gente se ame. Paul se atormenta mais com a bebida do que com o fato de eu ser convocada. Ele bebe mais nesses dias, e exatamente quando não tenho o direito de acusá-lo, ainda que o fato de ele estar bêbado me atormente mais do que...

Meu primeiro marido também tinha tatuagem. Quando voltou do exército, havia em seu peito uma rosa enfiada num coração. Debaixo do caule da rosa, o meu nome. Mesmo assim, eu o larguei.

Por que foi que você estragou assim sua pele. Esse coração com a rosa ficaria bom quando muito na sua sepultura.

Porque os dias eram longos e eu pensava em você, ele disse, e porque todo mundo fazia isso. Menos os cagões, e, como em toda parte, lá também havia alguns.

Eu não queria outro homem, como ele pensava, mas queria ficar longe dele. E ele queria uma lista detalhada de todos os motivos. Não consegui lhe dar um só.

Você se decepcionou comigo, ele disse, ou eu mudei.

Não, nós dois continuamos sendo os mesmos de quando nos encontramos. O amor não se mantém se fica parado, e o nosso está assim há dois anos e meio. Ele me encarou, e como eu ficasse quieta ele disse:

Você é uma dessas que precisam apanhar de vez em quando, mas eu não consegui dar isso a você.

Falava a sério porque sabia que jamais poderia levantar a mão contra mim. E eu acreditava nisso. Até aquele dia na ponte, ele nem ao menos conseguira bater a porta de raiva. Já eram sete e meia da noite. Ele me pediu que fosse junto comprar uma mala, depressa, antes que as lojas fechassem. Queria viajar para as montanhas, cedinho na manhã seguinte. Eu deveria sentir falta dele nesse período. Duas semanas não seriam nada, pois nem mesmo nossos dois anos e meio eram grande coisa.

Saímos da loja e atravessamos a cidade em silêncio. Ele carregava sua mala nova. Pouco antes de fecharem as lojas, a vendedora ainda não esvaziara totalmente a mala, que estava recheada de papel, com o preço preso na alça. No dia anterior caíra uma chuva muito forte sobre a cidade, uma água barrenta roía as margens do rio. No meio da ponte ele parou e comprimiu meu braço com os dedos. Apertou minha carne até os ossos, me fazendo sentir calafrios, e disse:

Olhe só quanta água. Se eu voltar das montanhas e você tiver me abandonado, eu salto aí dentro.

A mala pendia entre nós dois, e atrás dele eu via a água com galhos e espuma suja. Eu gritei:

Pois salte de uma vez, diante de meus olhos, aí você nem precisa ir até as montanhas.

Respirei fundo e inclinei a cabeça em sua direção. Não era minha culpa ele pensar que eu queria um beijo. Ele abriu os lábios, mas eu repeti:

Salte de uma vez, eu assumo a responsabilidade.

Então soltei meu braço num arranco, para que ele tivesse as duas mãos livres e pudesse saltar. Estava atordoada de medo de que ele o fizesse. Só então, sem olhar para trás, afastei-me com pequenos passos, sem olhar para trás, para ele não ficar constrangido, e ao mesmo tempo para me afastar o suficiente do afogado.

Eu chegara quase ao fim da ponte, quando ele veio ofegando atrás de mim, me empurrou contra a amurada e esmagou minha barriga. Pegou-me pelo pescoço e abaixou meu rosto sobre as águas tanto quanto lhe permitia o comprimento do braço. Todo o meu peso pendia sobre a amurada, meus pés se ergueram do chão, ele comprimia minhas pernas entre seus joelhos. Fechei os olhos e esperei por uma palavrinha mortal antes de cair. Ele abreviou tudo, e disse:

Então.

Sabe lá por quê, em lugar de soltar meus joelhos, ele afrouxou a mão na minha nuca e me pôs no chão, recuando um passo. Abri os olhos, que lentamente voltaram da minha testa para o rosto. O céu pendia vermelho-azulado e não estava mais firmemente grudado no alto, e o rio girava em redemoinhos de água marrom. Então comecei a correr antes que ele notasse que eu ainda estava viva. Não queria parar nunca mais, o medo saltava debaixo de meu céu da boca, e tive soluços. Um homem passou por mim empurrando sua bicicleta e gritou:

Ei, benzinho, feche a boca ou seu coração vai ficar gelado.

Parei cambaleando, pernas bambas, mãos de chumbo. Sentia calor e frio ao mesmo tempo e nem correra para muito longe, só um trechinho, mas internamente correra metade do mundo. Aquela tenaz ainda doía na minha nuca. O homem empurrava sua bicicleta para o parque, deixando na areia dois rastros de borracha, o asfalto à minha frente totalmente vazio. O parque era uma parede verde-negra, o céu agarrava as árvores. A ponte não me deixava em paz, tive de olhar para trás. E na ponte estava a mala ainda no lugar onde eu estivera antes de me afastar. E ali de onde eu fugira da morte, correndo, estava ele parado com o rosto voltado para as águas. Escutei seu assobio entre os meus soluços ritmados. Ele assobiava afinadamente, sem parar, uma canção que aprendera comigo. Meus soluços cessaram, congelados entre um susto e outro.

Botei a mão no pescoço, senti minha laringe saltitando. Tudo acontecera muito rápido, o tempo necessário para uma pessoa atacar outra. E na ponte ele ainda assobiava:

Sim, a árvore tem folhas,
e o chá tem água,
o dinheiro tem papel,
e o coração se cobriu de uma neve falsa.

Hoje penso que foi uma sorte ele ter me agarrado pela nuca. Assim ninguém poderia me acusar de provocá-lo. Mas ele quase se tornou assassino. Tudo porque não conseguia bater em mim, e se desprezava por isso.

O pai agora cochilava e segurava a criança tão frouxamente que pensei: agora ela vai cair. Então a criança lhe enfiou os sapatos na barriga. O pai teve um sobressalto e puxou a criança para o colo. As minúsculas sandálias estavam penduradas como se nesta manhã os pais tivessem lhe calçado uma peça de brinquedo. Solas novas que ainda nem tinham andado na rua. O pai deu um lenço ao filho, para passar o tempo. Há um nó no lenço, e ali deve estar amarrada alguma coisa dura com que a criança bate na vidraça; chaves talvez, ou moedas, pregos ou parafusos que o pai não quer perder. O condutor já escutou os golpes, olha em volta e grita: Continue assim, a vidraça custa dinheiro. Não tenha medo, disse o pai, não vamos quebrar a vidraça. Então bate com as pontas dos dedos na vidraça, aponta para a rua lá fora e diz: Olhe ali, um bebê menor que você. A criança deixa cair o lenço e diz: Mamãe. Vê uma mulher com carrinho de bebê. E o pai diz: A nossa Mamãe não usa óculos escuros, senão ela não poderia ver como seus olhos são azuis.

Quando Paul pergunta pelo meu primeiro marido, eu digo:

Não lembro mais nada, esqueci aquilo tudo.

Acho que sei mais segredos de Paul do que ele de mim. Certa vez Lili disse que segredos não acabam quando a gente os revela, o que se pode contar são as cascas, não o cerne. Talvez isso seja verdade para ela, mas eu, se não esconder nada, já terei chegado ao cerne.

É isso que você chama de cascas, eu disse, quando algo chega tão longe quanto chegou na ponte.

Mas você conta a história do jeito que lhe convém, disse Lili.

Como é que vai me convir, isso não me convém em absoluto.

Certamente não é bom para você nem para ele, disse Lili, mas mesmo assim lhe convém, porque você pode falar a respeito como quiser.

Como foi, não como eu quero. Você não acredita que eu lhe digo o que você não me diria, por isso fala de cascas.

A questão é que, ainda que eu fale a respeito como quero, todos os dias, as coisas permanecem as mesmas, como o segredo sobre meu padrasto.

Não quero também quebrar a cabeça com o beberrão nos latões de lixo. Sabe lá o que ele pensa, também me viu dias a fio lá em cima na janela. Como durante tanto tempo não concordamos quanto ao beberrão, Paul e eu paramos de tentar adivinhar coisas sobre as pessoas lá embaixo. Se andam em retângulos, em círculos ou em linha reta. Não as conhecemos, e o que é que se enxerga quando se caminha ao lado delas lá embaixo na rua. O fato de passarem como se tivessem dedos atrás e calcanhares na frente, isso nada tem a ver com seus pés, só comigo. Naturalmente, apesar disso olhamos sem parar pela janela. Não há nenhum mistério num carro que está estacionado na porta detrás das lojas, ou metade em cima da calçada, em frente ao nosso prédio, onde nenhuma pessoa normal deve estacionar. Mas nós nos ocupamos muitíssimo com isso.

Prefiro espiar pela janela da cozinha. As andorinhas atravessam um grande pedaço de céu, girando em seu círculo particular. Esta manhã elas voavam baixo, eu mastigava minha noz e, vendo-as, percebi que lá fora era dia. Como fui convocada, será só um dia através da vidraça, ainda que ao lado da mesa do major eu enxergue metade de uma árvore. Desde que comecei a ser convocada, ela certamente cresceu pelo menos o comprimento de um braço. No inverno é a madeira que assinala o tempo, no verão é a folhagem. A folhagem balança ou sacode a cabeça, segundo o vento. Não posso me distrair com isso. Quando Albu faz uma pergunta breve, quer resposta imediata. Perguntas breves não são as mais simples.

Eu preciso refletir.

Inventar uma mentira, ele diz, para uma mentira rápida é preciso uma inteligência que você infelizmente não tem.

Tudo bem, então sou burra, mas não ao ponto de dizer algo que seja ruim para mim. Não sou boba ao ponto de me deixar acuar quando Albu avalia meu rosto para ver se digo mentiras ou verdades. Às vezes os olhos dele são frios, às vezes me queimam tanto que...

Às vezes Lili está dentro de mim e fita longamente os olhos de Albu.

Eu raspo os sapatos embaixo da mesa, para não ficar tudo tão quieto.

Sim, a árvore tem folhas,
o chá tem água,
o dinheiro tem papel,
e meu coração se cobriu de uma neve falsa.

Uma cantiga de inverno e de verão, mas para o exterior. Aqui dentro, com folhas e neve na cabeça, a gente rapidamente se enreda. Não sei o nome da árvore, senão cantaria, dentro de minha cabeça, freixo, acácia, choupo, não apenas árvore. Reviro o botão da blusa que cresce. Da mesinha onde estou nunca chego tão perto dos galhos quanto o major. Encaramos a árvore simultaneamente, tenho vontade de perguntar:

Que árvore é essa.

Seria uma distração. Ele certamente não responderia, mas empurraria a cadeira um pouco para diante e, enquanto as pernas da calça roçassem os tornozelos, talvez giraria seu anel de sinete ou brincaria com o toco de lápis, e devolveria a pergunta:

Para que você quer saber isso.

E o que eu poderia dizer então. Ele também não sabe por que visto sempre a mesma blusa, como ele usa sempre o anel de sinete. Por que giro o botão grande, isso ele não sabe. Nem eu sei por que na mesa dele está sempre aquele toquinho de lápis todo roído. Homens usam anel de sinete, mulheres usam brincos. Anéis de casamento são objeto de superstições, a gente nunca os tira, até a morte. Quando o homem morre, a viúva usa o anel dele também, dia e noite, ao lado do seu, no dedo médio. Como todas as pessoas casadas, no trabalho Albu usa sua aliança de casamento, estreita. Acho que só o anel de sinete não combina com o trabalho dele, torturar pessoas. Ele nem é feio; se não fosse de Albu, seria bem bonito. O mesmo pode ser dito de seus olhos, faces e lóbulos das orelhas. Certamente Lili teria gostado de estender as mãos para acariciá-lo, talvez um dia o apresentasse a mim como seu amante.

E eu teria de dizer: esse cara é bem bonitão.

A beleza de Lili era um dado, o que os olhos viam não tinha culpa de ser tão deslumbrante. Seu nariz, a curva do pescoço, a orelha, o joelho, tudo, a gente, deslumbrada, queria proteger, cobrir com a mão, temia por eles, pensava na morte. Mas nunca me ocorrera que um dia aquela pele iria murchar. Entre a juventude e a morte, jamais pensei na velhice de Lili. Mas a idade está ali na pele de Albu, como se a carne dele não tivesse nada a ver com ela. É um posto ao qual ele foi promovido em reconhecimento pelo excelente trabalho. Depois dessa idade nada mais mudará, ele manterá sua superioridade, a única coisa que falta é a morte. Eu gostaria que ela viesse logo. A beleza de Albu é impecável, feita sob encomenda para interrogatórios, sua aparência pessoal nunca está em risco, nem mesmo quando ele baba em minha mão. Talvez seja exatamente essa distinção que o impeça de mencionar Lili. O lápis roído em sua mesa não combina com ele, com nenhuma pessoa da sua idade. E com certeza Albu não precisa economizar nos lápis. Talvez tenha orgulho dos dentes do seu neto que estão brotando. Uma foto do neto bem que podia substituir esse toco de lápis, mas também aqui, como em todos os escritórios, deve ser proibido expor retratos da família. Talvez esse toco de lápis seja prático para a letra vertical dele, ou talvez um lápis comprido roçasse no seu anel de sinete. Ou esse toco pretenda me mostrar quanto se escreve sobre gente como eu. Nós sabemos de tudo, diz Albu. Pode ser, concordo com Lili, talvez saibam tudo sobre as cascas dos mortos. Mas nada a respeito de seus segredos, seu cerne, a respeito de Lili, que Albu jamais menciona. Nada sobre felicidade e razão, que juntas podem causar amanhã algo que eu não consigo prever hoje. E nada sabem sobre o que o acaso pode trazer depois de amanhã; afinal, eu estou viva...

Nada de especial que Albu e eu contemplemos a árvore juntos. Também olhamos simultaneamente a mesa dele ou a minha, um pedaço de parede, a porta ou o assoalho. Ou ele fita seu lápis e eu, meus dedos. Ou ele seu anel e eu, meu botão grande. Ou ele meu rosto e eu, a parede. Ou eu o rosto dele e ele, a porta. Encararmos constantemente um ao outro cansa, sobretudo a mim. Aqui eu só confio nos objetos, que não se modificam. Mas a árvore cresce, e deu seu nome à blusa. Eu deixo minha felicidade em casa, mas a blusa que cresce está aqui.

Quando não sou convocada sigo a pé pela cidade, pelas ruelas, até a avenida. Debaixo das acácias chovem flores brancas ou folhas amareladas. E quando não cai nada, apenas o vento se precipita. Quando eu ainda ia à fábrica, se muito conseguia vir duas vezes por ano ao centro da cidade. Nem sabia que a essa hora há tanta gente que não está no trabalho. Ao contrário de mim, todas correm por aí sendo pagas para isso; no emprego inventaram histórias de canos furados, doenças, enterros, e antes de sair para passear ainda deixaram que chefes e colegas tivessem pena deles. Eu só inventei uma vez a morte de meu avô, porque queria comprar um par de sapatos de salto, de cor cinza, logo às nove, quando as lojas abrem. Eu os vira na tarde anterior na vitrine. Menti, fui até a cidade, comprei os sapatos, e a mentira se tornou verdade. Meu avô caiu morto da cadeira enquanto comia, quatro dias depois. Quando o telegrama chegou de manhã cedo, botei meus sapatos de cor cinza, comprados havia três dias, debaixo da torneira e deixei que se encharcassem. Calcei-os, fui até o escritório e disse que tinha de faltar nos próximos dois dias porque minha cozinha estava toda inundada. Quando prego uma mentira séria, ela se torna verdade. Fui então ao enterro. Os sapatos secaram nos meus pés ao longo de pequenas estações de trem, só desembarquei na décima primeira. O mundo estava todo de cabeça para baixo, eu levei até a cidadezinha o enterro surgido de minha mentira, e depois me vi no cemitério diante da cozinha inundada. Os torrões de terra reboaram na tampa do caixão como os sapatos cinzentos tinham reboado no calçamento seguindo o caixão.

Naquele tempo eu ainda mentia muito bem. Ninguém me apanhou. Mas a desgraça que nascia das mentiras não me deixava esquecer. Desde então prefiro que me apanhem mentindo a ser apanhada pela desgraça. Albu é a exceção, com ele eu minto direito.

Ando pela cidade sem destino. Quando ia à fábrica, não via sentido nisso. Difícil de acreditar, mas era mais fácil esconder a falta de sentido naquela época. Quando, como ontem, me sento no café numa das mesinhas na rua e peço sorvete, no instante seguinte quero um pedaço de bolo. Na verdade, eu só queria mesmo era ficar sentada, ou nem isso, queria apenas ficar um tempinho sem caminhar. Aproximo a cadeira da mesa para ficar mais confortável. Quando a cadeira é boa quero me levantar de um salto e ir embora, mas não voltar a caminhar. De longe as mesinhas na calçada são um objetivo, oferecem-se para eu ficar, os cantos das toalhas de mesa esvoaçam. Só quando me instalo confortavelmente a impaciência se desencadeia. Então, quando minha exasperação com o garçom está chegando ao limite, chega o sorvete. A mesa, a tigela de sorvete, as bolas de sorvete, tudo é redondo. Então chegam as vespas que querem matar a fome, e são importunas, e de cabeças redondas. Embora eu tenha de contar cada moedinha antes de gastar algum dinheiro, não consigo comer o que paguei.

Era mais fácil lidar com a falta de sentido do que com a falta de objetivo, então em vez de mentiras eu agora invento objetivos na cidade. Sigo mulheres da minha idade. Passo horas em lojas de roupa experimentando vestidos que lhes agradam. Ontem mesmo vesti um vestido listrado propositadamente com a frente para trás, depois fiquei repuxando, botei as mãos feito gola diante do decote, deixei os dedos parecerem um laço. Comecei a gostar do vestido. Com isso eu não contava, essa sensação de que me afasto de mim mesma. O vestido dava a impressão de que era preciso despedir-me rapidamente dele. Então minha boca ficou amarga, não me ocorria nada que pudesse dizer no breve tempo que eu ainda tinha. Não queria relaxar e simplesmente me deixar desaparecer, então disse:

Por que logo agora, sem os meus pés você não vai longe.

Disse isso em voz alta, meu rosto ficou vermelho, não quero ser uma dessas pessoas que parecem deformadas quando falam alto sozinhas. Algumas cantam. Não quero que alguém balance a cabeça do meu lado porque estou misturando pensamento e fala. Ser ouvida por gente estranha é ainda mais vergonhoso do que ser ignorada ou empurrada. Embora deva ter me escutado, uma mulher para quem eu obviamente nem existia abriu a cortina de minha cabine, botou sua bolsa na cadeira e perguntou:

Está ocupada.

Não está vendo, você está falando comigo, não com o ar.

Nervosa, perdi de vista a mulher a quem estava seguindo. Continuei provando roupas, esperando ficar bela ao ponto de finalmente existir. Na verdade, não vou encontrar nada nas roupas que outras mulheres desejam comprar, muito menos a mim mesma. As roupas me castigam, fico mais feia que as outras, quando vestimos a mesma coisa. Na fábrica eu experimentava os vestidos mais bonitos e andava pelo setor de embalamento feito uma perua, ia até a porta e voltava. Quando eram confeccionadas roupas para o lado ocidental, eu ia para o andar de cima com Lili antes de cada entrega. Vestia dois, três modelos, um atrás do outro.

Agora chega, dizia Lili.

Porque era rigorosamente proibido. Quando se tratava de saias, calças e paletós, menos rigoroso do que no caso de blusas e vestidos. Antes do Dia Internacional do Trabalho, primeiro de maio, e mais uma vez em agosto, antes do Dia da Libertação do jugo fascista, podíamos comprar vestidos mais baratos na fábrica. O pessoal do escritório era o que mais comprava. Os vestidos são mais elegantes e não mais caros do que na loja. Infelizmente são também cheios de falhas no tecido e manchas de óleo das máquinas de costura, senão seriam bons demais para gente como nós. Muitas compravam uma montanha de roupa. Melhor andar elegante com roupa que tivesse falhas no tecido e manchas de óleo que não saem mais, a usar as roupas de baixa qualidade e de cores insípidas das lojas estatais. Eu não suportava as falhas e manchas, e acima de tudo sabia como são belos os vestidos que não podemos comprar. Aqueles que acabam parecendo tão bem nas italianas, canadenses, suecas, francesas, que têm roupas diferentes para cada estação de sua boa vida. Cortar, alinhavar, arrematar, passar a ferro, empacotar, sabendo o tempo todo que não se vale nem o mesmo que uma roupa pronta. Certamente muitas pessoas pensavam:

Melhor algumas falhas grosseiras no tecido e manchas pretas de óleo do que coisa nenhuma.

Por causa das falhas e das manchas, e porque eu não queria ter em casa no armário a mesma fábrica em que passávamos nossos dias, eu não comprava vestidos. Nos domingos, passear pelo parque vestindo mercadoria rejeitada da fábrica, tomar sorvete no café. Esses vestidos provocam olhares de inveja, a gente chama a atenção, todo mundo sabe onde a gente trabalha e de onde eles vêm.

Quando depois do trabalho Lili e eu íamos até a avenida, e em vez de passear eu entrava nas lojas, ela esperava lá fora. Eu não precisava me apressar, Lili nem queria que eu voltasse logo. Ficava de costas para a vitrine e olhava o céu, as árvores, o asfalto, certamente também homens mais velhos. Era preciso puxá-la pelo braço como se eu é que tivesse ficado à espera, não ela. E eu dizia:

Vamos, venha.

Por que a pressa, ela perguntava, afinal não estamos passeando.

Podemos andar devagar, mas vamos embora daqui.

Você não gostou das roupas.

E você, o que é que está lhe agradando por aqui.

Ela estalava a língua:

Andar macio e costas um pouco encurvadas, é disso que eu gosto.

E daí.

E daí o quê.

Quantos assim você viu, eu indagava.

O desinteresse dela pelas lojas não tinha nada a ver com a fábrica. Também antes Lili não se interessara por roupas. Apesar disso os homens olhavam para ela. E se eu fosse um deles, Lili não haveria de me escapar. Quanto mais malvestida estava, mais era chamativamente bela. Bom para ela, mas eu era vaidosa desde criança. Aos cinco anos chorei porque o casaco novo ficou grande demais. Meu avô disse:

Você vai crescer e o casaco vai servir, use roupa mais grossa e ele servirá. Antigamente, quando as coisas iam bem, dois ou três casacos davam para uma vida inteira, e isso quando se era rico.

Eu o vestia porque era preciso. E tirava o casaco depois da primeira esquina, na padaria. Durante dois invernos eu o usei mais no braço do que vestido, preferia estar gripada a estar feia. E no período de neve dois anos depois, quando finalmente o casaco me serviu, eu o tirava porque era velho e feio demais.

Se eu quisesse ir até a minha cabeleireira, teria de desembarcar agora, perto dos dormitórios de estudantes. Preferia mandar fazer permanente ou o coque das velhas secretárias. Que nada, melhor cortar o cabelo tão curto ao ponto de não me reconhecer às dez em ponto do que bater na porta de Albu. Do que perder o juízo e ficar totalmente desnorteada quando ele beijar minha mão. Uma mancha de sol aquece o rosto do condutor, a vidraça a seu lado está aberta, nada de vento. Ele limpa os grãos de sal de seu painel, e não toca no segundo pãozinho. Por que comprou três. Se um só lhe basta. Largar o bonde, remexer nas lojas, depois, ao voltar, fingir para os que o aguardam uma grande fome que nem é real. A criança adormeceu com o lenço na mão. O pai encosta a cabeça na vidraça, e embora seu cabelo esteja fosco e grudento, há dias sem lavar, rebrilha. O sol acende um brilho ali. Será que ele nem sente que a vidraça é ainda mais quente do que o sol lá fora. A mim ele deixa em paz, esse sol, até a curva, e talvez mesmo então continue nas janelas do outro lado. Não quero chegar diante de Albu toda suada. Não sei se trocaria de assento, com tão poucos passageiros, todo mundo olha para a gente. Precisamos de um motivo. O pai poderia se sentar na sombra a qualquer momento, uma criança é um motivo. Se ela chorasse, o pai poderia mudar de lugar e ver se a criança chorava por causa do sol. Num carro lotado não seria possível. Aí qualquer lugar livre estaria bem, por mais que uma criança chorasse ninguém pensaria no sol, antes perguntaria se aquele pai idiota não tem uma chupeta para aquele chorão cagado.

No verão eu gostava de brincar com o filho do porteiro da fábrica de pão no caminho de terra batida atrás da alameda, onde a poeira era mais grossa. O menino era manco de nascença, e arrastava-se lentamente atrás de mim. Nós nos sentávamos na cova mais funda dessa estradinha, ele dobrava a perna direita e esticava a esquerda à frente, fininha e dura. Ficava feliz de poder se sentar. Tinha mãos ágeis, cabelo encaracolado e rosto amarelo. Nós nos entretínhamos na brincadeira, e amontoávamos poeira formando cobrinhas que rastejavam umas por cima das outras.

Os vermes se arrastam assim na farinha, ele disse, por isso têm buracos no pão.

Não, os buracos são por causa do fermento.

Dos vermes, pergunte ao meu pai.

Durante metade do dia, até o pai dele ir para casa da padaria com sua sacola, poderiam rastejar sempre mais vermes pela cova da estradinha. Mas quando meu vestido ficava sujo, eu me sentia infeliz e corria para casa. Deixava o menino sozinho com seus vermes. Por duas semanas houve outro porteiro sentado no portão da fábrica de pão. Depois o pai voltou, mas não trouxe mais o menino. Tinham operado sua perna dura e dado anestesia em excesso. O menino não acordara mais. Fui sozinha até a estradinha gasta onde as árvores da alameda se postavam lado a lado, e achei tudo estranho, como se elas tivessem prometido que o menino, morto em sua casa, ainda viesse brincar ali comigo. Eu me sentei no pó e fiz uma cobrinha tão fina e comprida como a perna esticada do menino. Capim franjado na margem, minhas lágrimas pingavam do queixo sobre a cobrinha e desenharam um padrão ali. Tinham-me roubado o menino, quem sabe ele via, lá do céu, que eu queria continuar brincando.

Quando eu ando pela cidade de manhã, é de Lili que sinto falta. Os dias em que sou convocada me parecem curtos. Mesmo que eu não saiba o que Albu quer de mim, ele sempre tem alguma coisa em mente. Eu preciso do botão grande de minha blusa, e das mentiras espertas, nada mais. É claro que, quando vago pela cidade, não sei exatamente o que pretendo, sei menos ainda do que o que Albu quer comigo.

Foi tolice minha ficar olhando as andorinhas esta manhã antes das oito, quando Albu me aguardava às dez em ponto. Não quero pensar em andorinhas. Não quero pensar em coisa nenhuma, porque não sou coisa nenhuma além de uma pessoa que foi convocada. Às vezes penso que as andorinhas não voam, elas dirigem ou nadam. No verão passado Paul ainda tinha sua moto vermelha, uma

Java tcheca. Toda semana íamos uma ou duas vezes até o rio atrás da cidade. O caminho pelos campos de feijões, isso era felicidade. Quanto mais céu havia sobre a estrada, mais leve ficava minha cabeça. À direita e à esquerda, uma confusão de flores vermelhas que tremulavam quando passávamos. Não se via que cada flor tinha duas orelhas redondas e lábios abertos, mas mesmo assim eu sabia. Eram pés de feijão intermináveis, não em fileiras como nos campos de milho. Mesmo que cada talo já esteja ressequido, e as folhas quebradas pelo vento, o milharal no fim do verão sempre parece recém-penteado. Em milharais minha cabeça nunca fica leve, ainda que o céu voe por cima. Só em campos de feijões eu ficava assim, boba de felicidade, e de tempos em tempos tinha até de fechar os olhos. Quando os abria de novo já perdera muita coisa, havia muito as andorinhas voavam em outro roteiro.

Eu me segurava firme nas costelas de Paul, assobiava a canção das folhas e da neve, e não conseguia me escutar, só a moto. Normalmente nunca assobio, porque quando criança é que a gente aprende as coisas, e quando criança eu não assobiava. Eu nem sei assobiar. E desde que meu primeiro marido assobiou na ponte, eu encolho o pescoço quando alguém assobia. Mas nos campos de feijões eu assobiava. Por isso devia ser felicidade, um pouco de boa sorte, porque tudo que sei fazer só sai metade tão bom quanto assobiar no campo de feijões. Entre os feijões eu ficava literalmente boba de felicidade. Junto do rio eu jamais consigo ser feliz, embora a água lisa me tranqüilize, até quando me faz recordar a ponte. Mas é impossível ser feliz na paz. Quando chegávamos na margem do rio, eu ficava inquieta e Paul impaciente. Ele ansiava pelo rio, eu ansiava pelo retorno entre os feijões. Ele entrou na água até os tornozelos, e me mostrou uma libélula negra. O ventre dela pendia entre as asas como uma espiral de vidro. Eu apontei para as amoras na margem, ao meu lado, que brilhavam em cachos negros. E do outro lado do rio, as espigas pretas se erguiam dos feixes pálidos de palha no campo de restolhos. Não as mostrei a Paul, porque pensava nas manchas das andorinhas no céu, e não entendia como o negrume se distribuía nesse dia de verão queimado e amarelo. Ri, perturbada, levantei do capim um pedaço de casca de árvore e joguei-o diante dos dedos de Paul. Então eu disse: Escute, as andorinhas nem conseguem voar tão depressa como parece, elas estão fazendo algum truque.

Paul pescou a casca de árvore com os dedos dos pés e a segurou debaixo d'água. Quando tirou o pé, ela voltou para a superfície, negra e lustrosa. Ele disse:

Ahá.

Levantou rapidamente os olhos, bastou para eu ver as manchas escuras lá dentro. Para que perguntar mais, que frutas negras se aninham em seus olhos se ele nem ao menos quer falar em andorinhas, e seus pensamentos estão bem longe dos dedos dos pés. O vento farfalhava nos freixos, eu escutava a folhagem, e talvez Paul escutasse a água. Ele não queria conversar.

Testei aquele Ahá no dia seguinte na fábrica com Nelu, quando ele chegou perto de minha mesa com uma folha de papel entre o polegar e a xícara de café. Falou do tamanho dos botões para casacos femininos que estávamos costurando naquele mês para a França. As pontas do bigode em sua boca moviam-se como asas de andorinha. Deixei-o pronunciar no meu rosto algumas frases. Quando começou a falar no plano da semana, contei os pêlos em seu queixo, que ele esquecera ao se barbear. Ergui os olhos e procurei os olhos dele. Quando nossas pupilas se encontraram, eu disse, rápida como um raio:

Ahá.

Nelu calou-se e foi até sua mesa. Também tentei outras palavras, como Éééé e Hummm. Mas o Ahá era insuperável.

Quando fui apanhada com os bilhetes, ele negou ter me denunciado. Qualquer um pode denunciar. Eu acabara de me separar de meu primeiro marido quando os ternos de linho branco estavam sendo empacotados para serem enviados para a Itália. Depois de nossa viagem de serviço de dez dias, Nelu quis continuar a ir para a cama comigo. Mas eu decidira me casar no lado ocidental, e em cada um dos dez bolsinhos traseiros enfiei um bilhetinho: Case comigo, ti aspetto, assinado com meu nome e meu endereço. O primeiro italiano que respondesse seria aceito.

Meus bilhetes foram julgados prostituição em local de trabalho, numa reunião da qual eu não pude participar. Lili me contou que Nelu requerera traição da pátria, mas não foi convincente. Como eu não era membro do partido, e aquele era meu primeiro erro, decidiram me dar uma oportunidade de me corrigir. Não fui despedida, o que representou uma derrota para Nelu. O responsável pelo trabalho ideológico trouxe ao escritório dois documentos de censura. Tive de assinar o original, a cópia ficou na minha mesa.

Vou emoldurar, eu disse.

Não foi uma boa piada para Nelu. Estava sentado em sua cadeira apontando um lápis.

O que é que você quer com os italianos, eles vão te comer, te dar meias e desodorante, depois voltarão para as belas fontes de sua terra. E se você os chupar, também te darão um perfume.

Eu fiquei olhando os babadinhos de madeira e a poeira preta caírem de seu apontador de lápis, e me levantei. Segurei o documento de censura sobre sua cabeça e soltei-o. O papel esvoaçou e não fez nenhum ruído ao cair na mesa debaixo do queixo dele. Nelu virou a cabeça para mim e tentou sorrir, pálido como um verme. Depois, por descuido, bateu com o cotovelo no lápis recém-apontado. Este rolou da mesa e nós ficamos olhando, ouvimos o som quando caiu no chão. Nelu abaixou-se para que eu não visse seus malares se remexendo. A ponta estava quebrada. Ele disse:

Ele está no chão, não no teto.

Quem sabe, eu disse, com um cara como você, qualquer coisa é possível.

No dia seguinte aos três dias de interrogatório voltei para a fábrica. Nelu não fez pergunta nenhuma. Era capaz de mais coisas do que eu imaginara. Nos três bilhetes que mais tarde encontraram na calça para a Suécia estava escrito: Saudações da ditadura. Os bilhetes eram iguais aos meus, mas não eram meus. E eu fui demitida.

Mesmo quando a neve era alta, íamos ao trabalho com a Java. Embora bebesse, Paul nunca sofrera um acidente nos oito anos em que andara de moto. Conhecia as estradas como a palma de sua mão, teria encontrado nossas fábricas de olhos fechados. Eu estava toda encapuzada, as luzes dos lampiões e das janelas cintilavam, o gelo ardia no meu rosto. Os lábios pareciam crostas de pão congeladas, as faces estavam lisas e frias como porcelana. Céu e estrada cobertos de neve, nós rodávamos numa grande bola de neve. Encostei-me nas costas de Paul, apertei o queixo no ombro dele para que a bola de neve corresse por meu rosto. Quando a gente mantém os olhos fixos as estradas ficam mais longas, as árvores mais altas, o céu mais próximo. Eu queria rodar interminavelmente, e nem me atrevia a piscar. Minhas orelhas ardiam, os dedos de mãos e pés também. O gelo me queimava como um ferro de passar roupa, só olhos e boca permaneciam frios. Não havia tempo para felicidade nem boa sorte, precisávamos chegar antes de congelarmos, e cada manhã estávamos às seis e meia em ponto no portão da fábrica de roupas. Paul me deixava descer. Com um dedo roxo de frio eu erguia um pouco o gorro de Paul, beijava sua testa de porcelana e puxava o gorro outra vez sobre suas sobrancelhas antes que ele prosseguisse até a fábrica de motores no subúrbio da cidade. Quando havia gelo nas suas sobrancelhas, eu pensava:

Ficamos velhos.

Depois do episódio dos primeiros bilhetes eu tirara a Itália inteiramente da cabeça. Não era com ternos de linho para exportação que se conseguiria um Marcello, era preciso ter relações, mensageiros e intermediários, não bolsos traseiros. Em lugar de um italiano, acabei com um major. Minha burrice me atacava de dentro, auto-acusações como bofetadas, eu me sentia recheada com palha. Estava farta de mim mesma, só assim conseguia continuar todo dia sentada com Nelu no escritório, fitando e preenchendo tabelas, até chegarem os segundos bilhetes. Eu ainda gostava de mim mesma, só assim conseguia gostar de andar de bonde, cortar o cabelo curtinho, comprar roupas novas. E também tinha pena de mim mesma, só assim conseguia aparecer pontualmente diante de Albu. E também me era indiferente, como se merecesse os interrogatórios, para punir minha burrice. Mas não pelas razões que Albu apresentava:

Seu comportamento transformou todas as mulheres do nosso país em putas no exterior.

Não vejo como isso seria possível, os bilhetes nem foram para a Itália.

Graças à previdência de seus colegas, ele disse.

Putas, como, eu só queria um italiano, e queria me casar com ele, putas querem dinheiro, não casamento.

O fundamento do matrimônio é o amor, só o amor, se é que você sabe o que isso quer dizer. Você queria se vender àqueles Marcellos como uma puta imunda.

Por que puta imunda, eu o teria amado.

Depois acabava, eu voltava à rua. Sol lá fora, e todo aquele barulho. Dentro de mim, crepitava a palha. Provavelmente eu nem teria amado aquele italiano, mas ele teria me levado para a Itália. Eu teria tentado amá-lo. Se não, outro teria surgido no meu caminho, lá tem italianos de sobra. Há sempre alguém que a gente pode amar, se se empenhar nisso. Mas em vez de amor, acabei com Albu me convocando sempre que queria. E no trabalho Nelu me vigiava. Desisti de qualquer homem. Exatamente então fiquei enrolada com Paul, bem quando estava me defendendo de todos. Acho que em mim é a rejeição, mais do que a procura ativa por alguém, que aguça o desejo. Deve ter sido assim, por isso me agarrei a Paul. Não seria qualquer um, mas alguém além de Paul também poderia ter transformado minha defesa em desejo. Enfastiada da vida, era assim que eu devia parecer, sem muito controle das coisas. E num domingo conheci Paul. E na segunda fiquei com ele. E na terça mudei-me com todos os meus apetrechos para o apartamento dele naquele bloco residencial meio torto.

Cada manhã era mais difícil ir para o escritório. Paul estacionava diante do portão da fábrica segurando sua Java com as duas mãos, por hábito esperava com um sorriso meu beijo na testa, e dizia:

Você tem de fingir que Nelu nem existe.

Para ele era fácil dizer isso. Mas como se pode fingir durante oito horas que duas pontas de bigode estão só penduradas no ar.

O Nelu é tão sujo, eu disse, que a gente não pode enxergar através dele.

O motor da moto bramia, neve ou pó redemoinhava em torno das rodas. Quando Paul estava na metade da rua, eu tentava chamá-lo de volta com os olhos, cada manhã dizer mais alguma coisa que ele pudesse levar consigo o dia todo entre as máquinas. Mas nos dizíamos sempre o mesmo.

Ele: Você tem de fingir que Nelu nem existe.

Eu: Eu penso em você. Não fique nervoso se roubarem suas roupas.

A partida veloz, a corcova em sua jaqueta quando o vento soprava na esquina. Toda manhã eu entrava contrariada na fábrica. Ver Nelu já me deixava possessa. Da manhã não nos cumprimentávamos. Mas uma ou duas horas mais tarde, Nelu achava que devíamos dizer alguma coisa já que ficaríamos oito horas lado a lado. Eu não sentia necessidade, mas ele não suportava aquele silêncio. Então ele falava do plano, e eu dizia:

Ahá.

Ahá, e Ééé, e Humm.

Se nada disso adiantava, eu ficava mais loquaz. Pegava o vasinho da mesa dele, olhava ao longo do caule verde-avermelhado da rosa na água, através do fundo grosso, e dizia:

Cara, o que é que você quer com esse plano, ele nem pode ser executado. E se um dia puder ser executado, no dia seguinte será aumentado. Seu plano é uma doença pública.

Nelu puxava um pêlo de seu bigode e o esfregava entre os dedos até ele ficar ondulado. Ele dizia:

Isso te agrada.

Se você arrancar um por dia, logo sua cara vai parecer um pepino, eu respondia.

Não fique tão excitada. Está na cara que você olha e pensa em pentelhos.

Mas não nos seus, eu dizia.

Sabe por que os italianos sempre carregam pente no bolso. Porque não encontram o pau no meio dos pentelhos quando precisam mijar.

Você também tem, mas ele não lhe serve de nada. Nem tem material para ser um italiano.

Eu vi esse material, já estive na Itália, e você não.

Ahá. Você também andou lá espionando, eu perguntava.

Sim, eu pensava em pentelhos, ele me forçava a pensar nele ao falar em seu plano. Nelu botava aquele cabelo também na minha mesa, exatamente no centro, onde havia uma marca na madeira agora, e não era minha. Provavelmente ele medira a mesa procurando o ponto mais longe de meu alcance. Eu não queria tocar no seu cabelo crespo, mas não tinha a régua à mão para o empurrar da mesa. Então fazia mais uma vez o que ele mais gostava de ver, soprava o cabelo. Ele ria muito quando eu fazia bico. Só depois da terceira ou quarta soprada o cabelo caía da mesa. Nelu me tornava obscena.

Um dia a faxineira virá ao escritório depois do horário de serviço e vai limpar com seu pano gotas de sangue em lugar de pó, eu disse a Lili. Não demora muito eu me descontrolo e mato esse animal.

Lili fez um gesto com a mão e disse:

Nem se atreva. Bote a faca na mesa e diga que ficaria linda no pescoço dele, nem iria doer. E afaste-se um pouquinho como na ponte, para que ele não fique inibido. Ele quer provocar sua raiva e você deixa que ele a provoque, no fundo está esperando por isso. Controle-se e não perca as estribeiras. É só uma questão de prática.

O olhar azul-violeta de Lili penetrava em meus olhos e se afirmava. Por baixo, seu pescoço liso. Por causa de mim mesma e de meu marido na ponte eu sabia como a gente pode se descontrolar depressa e despachar o outro para a morte se ele nos pesa demais. E que com Nelu também seria assim.

Quando Lili me menosprezou dando de ombros, suas faces ficaram coradas. Seu nariz fremiu, mas permaneceu branco e frio. Enquanto eu odiava Lili inteira, parada ali na minha frente, não pude deixar de pensar:

Esse nariz é belo como uma flor de tabaco.

Para Lili eu era uma instigadora, eu a assustara, e ela usava a ponte contra mim. Eu podia ver sinais de ódio espreitando em seus traços; e preferia nunca ter descoberto como aquilo a deixava parecida com sua mãe. No enterro ouvia-se a terra ressoar sobre o caixão. Lili foi coberta e aquela mãe vociferou para mim, com a boca de Lili.

Sim, controle-se, pensava Lili, é só uma questão de prática. Ela conseguia ver melhor do que eu o curso dos fios entre meus pensamentos amaranhados. E eu acreditava ver melhor do que ela em meio à confusão dela. Houve um momento em devíamos ter trocado de lugar, ela e eu. Em vez disso, ela trocava de lugar com a mãe. Controle-se e você conseguirá atravessar a fronteira, ela pensava. Não perca as estribeiras, as balas só atingem quem está preocupado com elas. É só uma questão de prática, e ela queria aprender. Naquela vez em que ela quis que eu me controlasse diante de Nelu, Lili estava começando a dormir com um oficial de sessenta e seis anos. Duas semanas depois eles decidiram fugir pela fronteira da Hungria. Ele foi preso e ela fuzilada, aquela Lili loucamente esperta.

Uma vez Lili me levou para o jardim da cantina dos oficiais e me apresentou o seu oficial. Ele estava em traje civil, camisa de listras fininhas, manga curta, calça de verão de cor cinza quase chegando às axilas, nada de costelas nem quadris. E ele disse com sua voz profunda e baixa: Senhorita, é uma honra.

E beijou minha mão. Um beijo muitas vezes treinado, de velhos tempos imperiais, seco e suave e no meio do dorso da minha mão. Nas mesinhas em torno sentavam-se rapazes de uniforme. Naturalmente ali Lili chamava a atenção, os uniformizados adoravam mulheres bonitas, e jogavam cabeças de fósforo em Lili. Sentiam que ela, e não eu, era a garota do velho.

Fazia muito tempo desde a última guerra, a formação militar se liquefazia em ócio. Precisava ser preservada com trabalho minucioso que deixava todos alertas: a conquista de belas mulheres. Avaliavam o grau de beleza pelo rosto, pela ondulação da bunda, pelo formato das coxas unidas, pelos seios. Os seios eram chamados de maçãs, peras e pêssegos murchos, dependendo da posição dos mamilos. Conquistar mulheres substitui as manobras, diziam aos soldados. Entre pescoço e coxas tem de estar tudo em ordem. Pernas e rosto não são tão importantes: pernas abertas, se a coisa vai bem, a gente fecha os olhos se não quiser ver o rosto. Os seios, no entanto, são fundamentais. Maçã vale a pena, pêra dá para encarar. Para os soldados, fruta murcha nem pensar. Dizem que conquistas lubrificam as dobradiças do corpo e ajudam a manter o equilíbrio interior. Também melhoram a harmonia de um casamento. O velho oficial educara Lili minuciosamente a respeito das melhores táticas para combater o ócio em tempos de paz. E estava sempre em manobras, até sua mulher morrer, disse Lili. Ela tinha cinqüenta, ele era seis anos mais velho. Depois da morte dela, não havia mais ninguém para quem ele precisasse ocultar que o trabalho que produzia seu doce cansaço vinha de camas alheias, não da caserna. Ele ia diariamente ao cemitério; perseguir mulheres perdera a graça.

Todas as mulheres que eu conhecia de repente tinham voz de galinha cacarejando e sabor de uvas azedas, ele disse, especialmente as muito jovens. No asfalto entre cantina e caserna, a vida andava a passinhos curtos sobre panturrilhas equilibrando-se em saltos altos. Nos lençóis elas eram descalças, grudentas e gementes. Podia-se morrer a qualquer momento, o oficial temia que morressem debaixo dele.

Em si, cada uniformizado naquele jardim era um fracassado, até com as peras e frutas murchas. Mas Lili tinha umas maçãzinhas bem duras. Lili teria liquidado cada um deles, num instante. Eles adivinhavam isso, portanto todo o regimento tentava conquistá-la, como um exercício coletivo. Na opinião deles, o oficial de

Lili não precisava mais lubrificar suas engrenagens, já ultrapassara o trabalho de precisão, já era hora de ele ser liberado. Eles o pressionavam para que cedesse a outros a chance de provar da bela carne de Lili. Nos dedos que lançavam cabeças de fósforo rebrilhavam alianças ao sol, e nos olhos que seguiam os dedos cintilavam olhos semelhantes a balas engraxadas. O velho colocou o cinzeiro junto de sua mão e disse:

Esses caras são doentes, devíamos ir para outro lugar.

Ele juntou as cabeças de fósforo da mesa e jogou no cinzeiro. Suas mãos eram brancas e finas como as de um farmacêutico. Nem ele nem Lili se irritaram, e não era uma calma fingida, eles realmente tinham paciência. Eu não entendia nada, tanta calma a gente só tem quando sabe que não vai precisar dela por muito tempo. As têmporas do oficial pulsavam, mas seu rosto permanecia tranqüilo, salpicado de pontinhos sob o guarda-sol, como papel borrado. Eu nunca tinha visto Lili olhar como olhava para ele, totalmente sem reservas. Os olhares dela, e os dele, como frutinhas azuis caindo em água parada. Quando ele pegou a mão de Lili, sua barriga ficou saliente. Pensei, agora ele vai ficar furioso, porque voaram mais dois fósforos sobre a mesa. Ele os recolheu também, com a mão livre, e estava tão seguro da mão de Lili que de repente começou a cantar para ela, baixinho:

Entra um cavalo no pátio do acampamento
com uma janela na cabeça
e por ali avista a torre de vigia
azul...

Já bastava que ele cantasse assim, tão profundamente mas sem deixar que se visse nada dentro dele. Mas que ele conhecesse aquela canção foi para mim como uma punhalada. Meu avô também a cantava, aprendera no campo de concentração. Lili e eu éramos jovens demais para conhecê-la, o oficial certamente contava com isso. Ah, como lhe teria caído o queixo se eu tivesse cantado junto. Na verdade, a canção soava meio constrangida ali na mesa, porque eu estava sentada entre ele e Lili escutando. Eu contemplava os pontos puídos junto das varetas do guarda-sol. Nós mesmos estávamos presos nas varetas de uma grande roda, e eu estava violando um segredo. Lili não era apenas mais um passatempo do oficial, ele a amava. E quando ele interrompeu a canção, deixei Lili sentada junto dele na cantina, e, aturdida, saí andando pela cidade. Naquela ocasião eles já deviam estar pensando na fuga. Ele tinha dois filhos adultos no Canadá, e queria levar Lili para lá.

O sol queimava, folhagem verde esvoaçava nas tílias misturada com folhagem amarela, mas só a amarela caía no chão. Não importa como eu olhasse, o verde significava Lili e o amarelo, ele.

Esse homem é velho demais para Lili.

Eu esbarrava em transeuntes, que avistava tarde demais. Estava totalmente só naquela tarde e isso durou até a manhã seguinte na fábrica, quando Lili me chamou para falar do oficial.

Desde o episódio dos bilhetes eu não podia mais subir até a seção de empacotamento. Lili esperava no corredor quando eu subia as escadas. Fomos até um canto nos fundos, ela se acocorou, eu encostei o ombro na parede e disse:

Ele tem rosto jovem mas a barriga é redonda como o sol do crepúsculo.

Então Lili levantou bem a cabeça, encostou as pontas dos dedos no chão e arregalou os olhos. Eu a magoara. Uma veia inchou no seu pescoço, sua boca ficou dura, pronta para gritar. Mas Lili me puxou para baixo pela mão, para junto de si, até eu também ficar sentada sobre os joelhos, me segurando em seu quadril. E como passasse por nós, com passo arrastado, um homem carregando casacos em cabides, fingindo que não nos via, Lili sussurrou:

Quando ele está deitado, o sol poente fica achatado como um travesseiro.

Olhei os pés de Lili. O segundo dedo mais comprido que o dedão significa viuvez. Lili tinha os dedos dos pés assim. Ela disse:

Ele me chama de Cereja.

Aquilo não combinava com os olhos azuis dela. E como o homem com os cabides ia se afastando cada vez mais de nós e finalmente fechou atrás de si a porta do setor de empacotamento, Lili disse:

O vento arranca as cerejas do galho; não é bonito isso. Você é que tem olhos tão escuros, e eu é que sou chamada de Cereja.

A luz do sol caía no corredor, no teto ardiam lâmpadas fluorescentes. Assim agachadas, éramos duas crianças fatigadas.

Ele esteve no campo de concentração, perguntei.

Lili não sabia.

Pergunte a ele.

Lili concordou balançando a cabeça.

Estranho, nenhum ruído vinha do pátio da fábrica, e no corredor estava tudo tão quieto naquele instante que se ouvia o crepitar das lâmpadas fluorescentes. Hoje acredito que o velho oficial precisou procurar Lili porque já aceitara a morte dela antes mesmo de a conhecer. Que ele parara como um cronômetro quando vira Lili pela primeira vez e dissera: Agora encontrei a que queria. Apesar de aposentado, ainda era atraído pela cantina dos oficiais, pelos uniformes. O dele fora guardado mas havia se fundido com sua pele. No fundo continuava sendo um soldado. Quis ir com Lili para onde, apesar da camisa de verão de listras finas, ainda o viam como antigamente, de uniforme. Para mostrar sua conquista no jardim da caserna e, quando estava a sós com Lili, exercitar seu tardio desejo amoroso com um fervor que superava a beleza de Lili. Um homem como aquele sabia o bastante sobre soldados, cães e balas na fronteira. Mas seu medo de que a morte desejasse Lili tanto quanto ele a desejava o fez acreditar que Lili intimidaria a morte, e também a dele. Ele via demais e ficou cego, ele arriscou a vida de Lili, que significava para ele mais do que a razão poderia suportar.

Todo aquele que envelhece pensa no passado. O insolente guarda de fronteira que fuzilou Lili se parecia com a lembrança que o velho tinha de sua juventude. O guarda era um jovem camponês ou operário. Um alguém que poucos meses depois entrou na universidade, e mais tarde se tornou professor, médico, padre, engenheiro. Sabe lá o que ele fez da vida. Quando atirou, era só uma sentinela num vasto paraíso onde o vento assobiava dia e noite a música da solidão. A carne viva de Lili lhe deu calafrios, e a morte de Lili foi um presente do céu, concedeu-lhe dez dias inesperados de folga. Talvez, como meu primeiro marido, ele escrevesse cartas infelizes. Talvez o esperasse uma mulher como eu, que não estava à altura da morta, mas no abraço do amor podia rir e acariciar seu homem, até ele se sentir um ser humano. Talvez ele tivesse atirado naquele segundo em nome de sua felicidade, e o tiro explodiu. De longe ouviram-se latidos, depois gritos. O oficial de Lili foi algemado, levado a uma cabana de zinco e vigiado pelo jovem que atirara, imerso em pensamentos sobre sua boa sorte. Lili ficou ali deitada. A cabana não tinha a parede da frente. No chão uma cisterna de água, junto da parede um banco, no canto uma maca. O guarda bebeu muita água, lavou a cara, tirou a camisa para fora da calça, se limpou e se sentou. O preso não pôde se sentar, mas olhar para fora, para o capim onde jazia Lili, isso ele pôde fazer. Vieram cinco cachorros correndo, as pernas voando sobre o capim, que chegava a seus pescoços. E bem atrás corria um bando de soldados exaustos. Quando chegaram onde estava Lili, não era só o seu vestido que estava dilacerado. Os cães estraçalharam o corpo de Lili. Debaixo de seus focinhos ela jazia vermelha como um canteiro de papoulas. Os soldados enxotaram os cães e postaram-se em círculo. Então dois entraram na cabana, beberam água e levaram a maca.

Quem me contou isso foi o padrasto de Lili. Como um canteiro de papoulas, ele disse, e nesse momento pensei em cerejas.

A criança adormecera no sol. O pai tira seu lenço, os dedos da criança cedem, o sono prossegue mesmo quando o pai dobra o bracinho para trás para poder enfiar o lenço no bolso. Mesmo quando ele se levanta, separa bem as pernas, vira a criança, costas para a frente, e encosta a boca aberta da criança em seu ombro. Logo chega a parada diante da agência central do correio. Ele carrega a criança até a porta. O bonde pára, sem o rumor das rodas o carro parece ainda mais vazio. O condutor estende a mão para o segundo pãozinho, depois hesita e bebe da sua garrafa. Como é que ele bebe antes de comer. Diante do correio está a grande caixa azul de cartas, quantas cartas caberão ali dentro. Se me coubesse enchê-la, ela jamais precisaria ser esvaziada. Desde os bilhetes para a Itália, nunca mais escrevi para quem quer que fosse. Só aqui e ali contei alguma coisa a alguém, pois afinal a gente precisa falar, escrever não. O condutor come seu segundo pãozinho, que deve estar bem seco, a julgar pelos farelos. Lá fora o pai atravessa a rua com a criança adormecida, e caminha por onde não há passagem de pedestres. Se vier um carro, ele não vai conseguir. Como vai conseguir correr com uma criança, ainda por cima adormecida. Talvez antes de atravessar ele tenha se certificado de que não vem carro algum. Mas precisaria ter olhado por cima da cabeça da criança, à direita, e poderia ter se enganado. Se acontecer uma desgraça, será culpa dele. Esse é o mesmo homem que, antes de a criança adormecer, disse a ela: A nossa Mamãe não usa óculos escuros, senão ela não poderia ver como seus olhos são azuis. Ele caminha até a agência do correio. Carrega a criança como se fosse um pacotinho; se não acordar, ele a despachará. Pela porta aberta uma velha pergunta: Essa linha vai até o mercado. Leia o que está escrito aí em cima, diz o condutor. Eu estou sem os meus óculos, ela diz. Bom, nós apenas seguimos nosso nariz, ele responde; se ele nos levar até o mercado, chegaremos lá. A velha embarca e o condutor dá a partida. Um rapaz ainda embarca correndo. Ofega tanto que me sinto sufocar.

Eu tinha visto o padrasto de Lili numa mesa diante do café. Ele não quis me reconhecer, mas eu o cumprimentei antes que ele pudesse virar a cabeça. Naquela manhã parecia que ia chover, havia muitas mesinhas desocupadas na rua, e eu me sentei junto dele. Em mesinhas de rua pode-se fazer isso. Ele pediu café e ficou calado. Eu pedi café, calada. Dessa vez eu trazia um guarda-chuva no braço e ele, um chapéu de palha na cabeça. Ele parecia diferente do que parecia no enterro de Lili. Quando pegou as folhas murchas de acácia da toalha de mesa e as jogou no cinzeiro, pareceu mais o oficial de Lili. Mas suas mãos eram mais desajeitadas e deselegantes. Depois que a garçonete pôs nossas xícaras na mesa e se afastou, ele encostou o polegar na alça da xícara e ficou virando-a no pires até ela ranger. Grãos de açúcar ficaram grudados no polegar dele, ele os esfregou com o indicador, levantou a xícara e sorveu com ruído.

Ralinho como meias de seda de mulher, ele disse.

Será que ele estava querendo que eu pensasse em seu amor na cozinha. Eu disse: Podia ser mais forte.

Então ele deu uma risada breve e levantou os olhos como se estivesse resignado com minha presença:

Certamente Lili lhe disse que eu também fui oficial, mas isso faz muito tempo. Consegui visitar o oficial de Lili na prisão. Eu não o conhecia, só seu nome, de antigamente. Você o conheceu.

De vista, eu disse.

Ele teve mais sorte do que Lili, disse ele, ou não, depende. A situação dele é péssima.

Então alisou uma folha de acácia enrugada com o indicador, ela se rasgou ao meio, ele a jogou no chão, engasgou-se, tossiu, pigarreou, fitou o cinzeiro e disse:

Está chegando o outono.

Sobre isso posso falar com qualquer pessoa, pensei, e disse:

Logo.

No enterro você perguntou como ficou a Lili. Tem certeza de que quer saber.

Eu agarrei a xícara para que ele não visse minha mão tremendo. Mais e mais gotas pingavam na toalha da mesa, mas ele empurrou o chapéu para a fronte e continuou imperturbável:

O oficial pagou uma fortuna. No lado húngaro deveria estar alguém esperando com uma motocicleta e um *side-car*. E estava lá mesmo, mas uma semana antes, só esperando para pegar o dinheiro. Depois correu até a polícia e ganhou mais uma boa nota deles. Olhe, disse o padrasto de Lili, ali atrás do parque está clareando de novo.

Lili amou um porteiro de hotel, um médico, um negociante de artigos de couro, um fotógrafo. Para mim eram velhos demais, pelo menos vinte anos mais do que ela. Mas ela nunca dizia que eram velhos, dizia:

Ele não é exatamente jovem.

Nenhum daqueles homens antes do velho oficial se meteu entre Lili e mim, e todos me eram indiferentes. Por causa dele ela me negligenciou, pela primeira vez fiquei sozinha por muito tempo, ali no jardim da cantina dos oficiais. Um sujeito que nem se sabe de onde vinha, que já gozara o melhor de sua vida, chega e se apodera de Lili. Fiquei triste e com ciúme, mas não de um jeito óbvio. Eu não invejava o velho, mas invejava Lili por causa dele. Embora o velho não me agradasse nada mesmo, tinha qualquer coisa que fazia a gente lamentar não gostar dele. Lamentar até que ele não gostasse da gente. Entre o velho oficial e mim, eu sentia pena por qualquer coisa que nem quereria nem mesmo teria admitido que fosse acontecer. Ele era um cara que não despertava nenhum desejo e não dava sossego. Por isso tive de falar daquele sol poente redondo, aquilo se destinava a Lili, não a ele. E isso também faz de mim parte da aceitação dele a respeito da morte de Lili.

Lili gostava de velhos, e seu padrasto fora o primeiro. Ela era insistente, queria dormir com ele, e dizia isso a ele. Ele a cozinhava, mas ela não cedia. Um dia, quando sua mãe estava no cabeleireiro, Lili perguntou ao padrasto quanto tempo ainda iria fugir dela. Ele a mandou comprar pão. Não havia fila na padaria, ela pegou o pão e voltou depressa.

Aonde mais devo ir agora para você conseguir se controlar, ela perguntou.

Ele perguntou se ela estava certa de que conseguiria agüentar manter um segredo tão pesado.

Até uma criança tem segredos, e eu não era mais criança, disse-me Lili, eu era adulta. Botei o pão na mesa da cozinha e tirei o vestido pela cabeça como se fosse um lenço. E assim tudo começou. Mais de dois anos, quase todos os dias menos domingo, e sempre depressa, só na cozinha, nunca tocamos as camas. Ele mandava minha mãe à loja, às vezes a fila estava grande, outras não, mas ela nunca nos descobriu.

Só três pessoas da fábrica além de mim se atreveram a ir ao enterro de Lili. Duas foram espontaneamente, mocinhas do setor de empacotamento. Ninguém mais queria se ligar com uma tentativa de fuga e a forma como ela acabara. A terceira pessoa foi Nelu, que foi mandado. Uma das duas mocinhas me mostrou o padrasto de Lili. Ele trazia um guarda-chuva preto no braço. Naquele dia não parecia que fosse chover, o céu arqueava-se azul, as flores do cemitério cheiravam a vento ágil, não o vento pesado que antecede a chuva. E as moscas andavam nas flores mas não voavam em torno da cabeça da gente como antes de uma tempestade. Não consegui decidir se usar guarda-chuva naquele clima fazia um homem parecer distinto ou um vigarista. Uma coisa era certa, ele ficava esquisito. Parecia um boa-vida, mas também um vigarista que seguia caminhos tortuosos, que vinha ao cemitério todo dia à mesma hora, e não por causa da paz do lugar.

Nelu trazia um ramo de ervilhas-de-cheiro, flores brancas desgrenhadas. Neve no caule em suas mãos era tão impróprio quanto aquele guarda-chuva preto. Fui até o padrasto de Lili e não me apresentei. Ele adivinhou quem eu era.

A senhorita conhecia bem a Lili.

Concordei com um aceno de cabeça. Talvez ele visse na aura diante de minha fronte que eu estava pensando neles fazendo amor na cozinha. Sentiu-se mais próximo de mim que eu dele, e inclinou-se para um abraço. Fiquei hirta, e ele se endireitou de novo. Quando se afastou, o guarda-chuva balançava, então ele estendeu a mão para o cumprimento, com o braço ainda dobrado. Sua mão era seca e áspera. Perguntei:

Como ficou a Lili.

Ele esqueceu o guarda-chuva e o deixou escorregar para o pulso. No último momento apanhou-o com o polegar.

Dentro do caixão de madeira há um de zinco, ele disse, e estava soldado.

Ergueu apenas o queixo, baixou as pálpebras sobre os olhos, e sussurrou:

Olhe ali, a quarta da direita é a mãe de Lili, vá até lá.

Fui até a mulher vestida de preto que ele, crente com seu caso na cozinha, chamara de mãe de Lili, não de minha mulher. Por quase três anos ela dividira o homem com Lili. Ela ofereceu depressa as duas faces amarelas, eu a beijei mais atrás com a boca, quase no lenço de cabeça preto. Ela também percebeu quem eu era:

A senhorita sabia, não é. Um oficial e sem nenhum juízo.

Eu pensava na cozinha. Ela pensava em quê. No círculo dos enlutados, Nelu jogou suas ervilhas-de-cheiro brancas no caixão e depois um torrão de terra. Eu queria pelo menos dar um tapa na mão dele e tirar o torrão de terra antes que atingisse o caixão. Ele me cumprimentou com um aceno de cabeça. Não sei o que a mãe de Lili sentiu naquela hora.

A você, Lili teria dado ouvidos. Agora é melhor você ir embora.

O ódio lhe escapara. Ele me manda até ela, e eu vou. Ela me atribui a culpa e me manda embora, e eu vou. Como é que os dois conseguem, como é que eu não digo:

Escute aqui, eu fico o tempo que quiser.

No chão estavam os muitos sapatos de veludo bordados com desenhos de folhas dos muitos parentes de Lili da aldeia, as meias brancas nos dedos e os calcanhares sujas de terra. Atrás deles, Nelu ceceou:

Ei, você tem fogo.

Segurava o cigarro na mão fechada, o filtro aparecia no polegar.

Aqui não se fuma, eu disse.

Por quê, ele perguntou.

Você parece nervoso.

Você não está nervosa.

Não.

Pare com isso, essas coisas deixam todo mundo agitado.

Que coisas, perguntei.

A morte, ué.

Eu pensava que você só cuidava da Itália, não sabia que o Canadá era do seu departamento.

Você tem um parafuso frouxo.

Me diga uma coisa, você agüenta tudo, até terra fresca.

Falávamos depressa e alto demais. Então uma bengala tocou meu tornozelo e um velho de sapatos de veludo disse:

Santo Deus, mas será possível, se vocês querem brigar, não briguem aqui.

Meu coração pulsou na minha cabeça. Respirei fundo para mudar de tom e disse como se fosse na maior calma:

Nós sentimos muito.

Deixei Nelu plantado e me afastei. Numa sepultura na fileira da de Lili a terra ainda não se adensara. Uma cruz recente e atrás um prato, lambuzado de comida, e eu não conseguia entender por que me desculpara por Nelu também.

Dão comida para os mortos levarem em seu caminho para o céu, para vencer os maus espíritos. Na primeira noite a alma se esgueira em torno deles, passando pelo inferno e chegando ao céu. Lili também receberá um prato da mãe. À noite, os gatos do cemitério virão banquetear-se no monte de terra retangular. O eco de meus passos no caminho calçado era mais alto do que o ruído das pás na sepultura. Tapei os ouvidos e corri um pedaço até o portão. Eu não queria entender o amor de Lili por homens velhos porque...

No portão do cemitério havia um ônibus. Meu pai estava sentado na direção, dormia com o rosto apoiado nas mãos. Mas ele estava morto havia anos. Desde então eu o flagrara incontáveis vezes na direção, em ônibus parados ou rodando. Ele morrera para poder dirigir imperturbado, para escapar de mim e de minha mamãe em todas as ruas em lugar de se esconder de nós. Diante de nossos olhos, ele tombou e morreu. Nós o sacudimos, seus braços balançaram, depois ficaram duros. As faces colaram nos ossos, sua testa era de vinil frio, um frio que não devia existir em seres humanos porque a gente nunca mais o esquece. Acariciei-as repetidas vezes e abri seus olhos revirados para que a luz caísse neles e os obrigasse a viver. Cada gesto se tornava indecente. Eu ainda o puxava, mas mamãe o largou como se ele nunca lhe tivesse pertencido. Ele cair daquele jeito nos mostrou como alguém pode rejeitar ajuda e se esfriar sem a menor consideração pelos outros. Mamãe e eu fomos desligadas dele de um momento para outro. Então chegou o médico. Ele deitou papai no sofá e perguntou:

Onde está o velho.

Meu avô está no campo, na casa de seu irmão, eu disse, lá não tem telefone e o carteiro só vai uma vez por semana. Ele só volta depois de amanhã.

O médico escreveu acidente vascular cerebral num formulário, carimbou e assinou, e se foi. Com a mão na porta, ainda disse:

É difícil acreditar, seu marido era fisicamente saudável, mas seu cérebro se apagou como uma lâmpada.

Um copo de água, que o médico pedira e não bebera, estava na mesa formando bolhinhas. Ao cair, meu pai puxara a cadeira, o encosto estava no chão, o assento suspenso verticalmente, coberto de tecido com um desenho de ziguezagues cinza-avermelhados. Mamãe levou o copo de água para a cozinha, andando na ponta dos pés, e sobre o ombro olhou o sofá como se o marido estivesse tirando uma sestinha depois do almoço. Não derramou uma gota de água. Na cozinha ouviu-se um único ruído do copo sendo depositado. Depois ela voltou para a sala e sentou-se junto à mesa onde estivera o copo. E então naquele quarto havia duas pessoas não muito vivas e um morto. Três pessoas que havia muito tempo mentiam quando falavam de si mesmas como "nós", e quando diziam "nosso" falando de um copo, uma cadeira ou uma árvore no jardim.

Desde então, sempre que encontrava meu pai nas ruas, ele estava tão estranho como naquela vez no sofá. Eu o via por toda parte, até diante do cemitério. A palavra "transporte" estava inscrita em todos os ônibus do país. E todos tinham escadas entortadas, pára-lamas enferrujados, e pelo menos meio ano de poeira fina acumulada sobre o teto. Os encostos vazios dos assentos atrás das vidraças rapidamente se transformavam em passageiros quando eu os fitava. Também o pára-brisa desse ônibus tinha sardas como meu pai chamava os insetos vermelhos e amarelos, estourados, que secavam ali. Essas mulheres de meias brancas e sapatos bordados e esses homens de rostos fechados e bengalas eram os parentes de Lili. O pai dela vinha de um vale na região montanhosa, uma aldeiazinha onde nessa época as ameixeiras estavam azuladas e seus galhos se curvavam. O motorista teve de esperar que Lili estivesse totalmente coberta pela terra. A alma de Lili logo estaria aos cuidados dos gatos do cemitério, mas ele teria de passar metade da noite conduzindo os camponeses com rostos exaustos em segurança para suas ameixeiras.

Quando ingressei no segundo grau e ainda morava com meus pais na cidadezinha, à noite gostava de rodar com meu pai no ônibus vazio, em seu último trajeto até o depósito. Não precisávamos dizer nada na penumbra das ruas, o ônibus matraqueava. Os assentos, portas, escadas, tudo estava frouxo, mas o ônibus não se desmanchava. Depois de tantas viagens, meu pai apertava cada noite os parafusos mais importantes e regulava o motor para o dia seguinte. Na última viagem ele buzinava nas esquinas e atravessava o sinal vermelho nos cruzamentos. Nós ríamos, quando passávamos raspando e os faróis de um caminhão chegavam perto demais ao se desviar. Quando chegávamos ao depósito, ele me fazia desembarcar no portão de ferro. Eu ia para casa, ele entrava, pois ainda tinha coisas a fazer, e chegava uma hora e meia depois de mim.

Certa noite, quando eu voltava para casa pela alameda, uma mosca entrou no meu olho. Parei debaixo de um lampião, puxei a pálpebra sobre o olho e segurei-a pelos cílios. Depois assoei o nariz. Meu avô conhecia esse truque do campo de concentração. Eu devo ter feito direito, porque depois de assoar a mosca ficou grudada no canto do olho e eu pude retirá-la. O olho lacrimejava, eu precisava de um lenço. Então notei que minha bolsa ficara no ônibus. Meu pai só pensava no seu motor, não ia enxergar a bolsa. Então voltei.

Entrei no depósito pelo lado, conhecia o caminho, mas não no escuro. Então fui para o edifício principal, onde ao lado das escadas na varanda havia um lampião aceso. Encontrei logo o ônibus; ao lado da roda da frente, no capim, havia dois cestos de vime vazios. No assento do passageiro havia uma trança balançando. Então vi faces, um nariz, um pescoço. Meu pai beijava o pescoço, ele estava sentado embaixo da mulher. Ela erguia a cabeça como se fosse escalar o próprio pescoço até o teto. Suas costas se dobravam como uma vara. Eu conhecia a mulher, fora minha colega de escola, mas de outra turma. Tinha a minha idade. Nos três últimos anos, desde que eu estava no liceu, ela vendia verduras no mercado. Sua cabeça balançou de um lado para outro até que meu pai puxou sua boca para a dele. Eu quis sair correndo como o vento e ao mesmo tempo ficar ali olhando eternamente. Em torno do lampião girava um bando de mariposas, como um tecido rendado. O choupo parecia uma árvore de verdade até a beira do telhado, mas acima, onde a beirada do telhado cortava a luz, ele se tornava uma torre negra que balançava e rumorejava. Porém mais ruidosos eram os grilos, da relva até o céu, de modo que eu só enxergava, mas não ouvia, a boca aberta de meu pai. Eu não sabia quanto tempo ficara parada ali nem quanto tempo durou aquele pecado. Queria chegar em casa a tempo, estar lá num lapso de tempo conveniente antes dele. Havia um buraco na cerca atrás do edifício principal, era o caminho mais curto.

Na rua, os edifícios da alameda se diluíam na luz. Os troncos grossos estavam brancos de cal, rebrilhavam e cambaleavam, ou era eu que não caminhava em linha reta. Depois do que eu vira, não era permitido ter medo da noite que espreitava entre as árvores. Além disso, eu sabia que em dias muito claros as pedras tumulares brancas na parte das crianças no cemitério cambaleavam ao sol como os troncos de árvore esbranquiçados cambaleavam à luz da lua. Pois no cemitério atrás da fábrica de pão jazia o menino dos vermes do pão. Quando o sol queimava mais quente, e não era bom crianças correrem lá fora, a lápide dele ficava tão bêbada quanto a alameda à noite. As lápides ao seu redor oscilavam, especialmente as fotografias nas pedras, em que crianças de chupeta na boca seguravam bichinhos de pelúcia nas mãos. O menino na lápide maior estava sentado nos ombros de um homem de neve.

Antes de eu vir ao mundo, meus pais tiveram um menino que ficava roxo quando ria. Não chegou a ser um filho de verdade, morreu antes do batizado. Depois de apenas dois anos meus pais não tiveram escrúpulos em ceder sua sepultura. Só quando eu tinha oito anos e vi à nossa frente no bonde um menino com joelhos ralados, minha mãe disse no ouvido:

Se seu irmão tivesse vivido, você não teria nascido.

O menino chupava um pato de açúcar queimado, que nadava para dentro e para fora de sua boca, e as casas passavam atrás das vidraças, tortas. Eu estava sentada em lugar de meu irmão no assento de madeira quente pintado de verde ao lado de mamãe no bonde.

Havia duas fotos minha da maternidade, e nem uma única de meu irmão. Numa das fotos estou deitada no travesseiro ao lado da orelha de mamãe. Na outra, no centro de uma mesa. Com a segunda criança meus pais quiseram dois retratos, um para si, outro para a sepultura.

Eu era grande demais para ter medo dos troncos de árvore brancos no caminho de casa, voltando do depósito. Mas me sentia mais desprezada por meu pai do que aquela vez no bonde me sentira humilhada por minha mãe. Eu sou muito melhor do que aquela menina da trança, pensei, por que meu pai não me leva consigo. Ela é suja, tem as mãos verdes de verduras. O que é que ele quer com ela, que tem um bom marido. Quando eu for ao liceu amanhã, vou avistá-lo. É moço, carrega cestos pesados do ponto de ônibus para a mesa do mercado, ela carrega só uma sacola de plástico. E ela tem uma criança muito paciente, que brinca no chão debaixo do telhado de concreto atrás da mesa dela, com um cachorro de pelúcia sujo, sentadinha num caixote de madeira, para passar o tempo. Eu sou tão idiota que ontem comprei uma braçada de rabanetes dessa mulher. Ela enfiou o dinheiro no bolso grande do avental que lhe cobria a barriga e passou a mão pelo cabelo da criança. Ela sabia quem eu era, e certamente pensou em seu pecado. Vi no lábio superior dela um herpes recente, uma flor rubra, e nem imaginei que pegara aquilo do meu pai. O dele estava quase curado, ficara com esse mesmo vermelho vivo duas semanas antes. Olhando para ela, não se podia perceber como ela teria gostado de deixar em casa a criança com seu cachorro de pano sujo para se divertir com meu pai ao anoitecer.

Meu pai chegou em casa com minha bolsa na mão, colocou-a na minha frente e perguntou:

Desde quando você ficou tão descuidada.

Quem é descuidado, devolvi a pergunta.

Ele se fez de surdo, sentou-se à mesa na luz clara e esperou a comida. Cortou o salame em fatias da grossura de um dedo e comeu quatro pimentas fortes que trouxera, provavelmente eram dela. Possivelmente ainda pagara por elas. E para completar comeu seis fatias de pão e um punhado de sal. A das tranças devia estar consumindo-o literalmente. Talvez o sangue dele corresse depressa demais para seu coração por causa do cheiro de gasolina e o deixasse meio fora de si, como durante a guerra. Meu avô me mostrara um retratinho dizendo:

Este é o tanque dele.

E quem é essa aí, perguntei.

Ao lado de meu pai, no capim, estava deitada uma moça descalça, os sapatos ao lado de um arbusto; estava ali atirada, toda aberta, dente-de-leão floria entre suas pernas, e ela erguia a cabeça, apoiada no cotovelo.

Uma mocinha musical, disse o vovô, ela tocou a flauta dele. Na guerra o seu pai atacou tudo que tivesse ovários e não pastasse. Depois começaram a chegar cartas o tempo todo. Eu rasguei todas para que sua mãe não visse nada. E me espantei de ver como ele pegou sua mãe depressa. Ela não era muito atraente, mas era esperta, e o apanhou em seguida.

Fui mais dez vezes com ele ao depósito à noite, contei cada viagem nos dedos. Eu pegava meu pai pelo braço, no joelho, ele só olhava o caminho. Eu peguei sua orelha, ele me olhou sorrindo, depois voltou a olhar o caminho. Botei minha mão na dele, no guidom. Ele disse:

Assim não consigo dirigir.

Da última vez eu o fiz morder uma pêra na qual eu dera uma mordida bem grande. Para que ele não tivesse trabalho com a casca amarela grossa. Ele mastigou e estalou os lábios, havia suco espumando nos seus dentes, ele engoliu com olhar distante. Quando eu não consegui mais comer e ele virou a boca para mim para dar mais uma mordida, eu disse:

Fique com tudo, eu não quero mais.

Ele podia ter indagado por quê. Buzinava nas esquinas porque já se alegrava com a moça das tranças. Disparava com seu ônibus desobedecendo aos sinais vermelhos porque tinha pressa, não para me fazer rir.

Também depois da décima ronda ele abriu a porta do ônibus diante do portão do depósito com um ímpeto que já fazia parte do seu pecado. Comera até a semente da pêra, e antes de eu descer ele jogou pela porta o cabinho da fruta. Agora estava pronto para o fruto proibido.

Depois disso sempre fiquei em casa à noite. Ele poderia ter perguntado se eu não queria voltar a rodar com ele. Os dez dedos estavam contados, mas poderia ter recomeçado a contar. Talvez cigarros fossem mais eficazes do que minhas mãos ou uma pêra mordida. Eu teria podido ensinar-lhe como se inala a fumaça. Ele soprava a fumaça pela boca e só fumava para se gabar com cigarros estrangeiros. Meu pai não os podia comprar, fumava raramente, mas fumar combinava com ele. Enquanto ele pegava o ônibus, escolhi um pêssego em umas árvores escuras junto da cerca e me sentei no banco do jardim. Os grilos cricrilavam uma canção de um ônibus que à noite se transforma em cama íntima e pecaminosa, para apenas duas pessoas. Na verdade não era para duas, mas para três. Eu comia e engolia, para que tudo permanecesse em segredo.

Quando cheguei em casa depois de meu último trajeto, no qual a pêra não dera em nada, minha mãe perguntou:

Você andou chorando.

Sim, eu andara.

Um cachorro que se esgueirava pelos latões de lixo me perseguiu da alameda até a fábrica de pão, eu disse. Mamãe comentou:

É uma cadela no cio e você a assustou.

Você só pensa no cio, gritei, a cachorra está magra e louca de fome.

Meu coração ficou tão endurecido que se eu o tivesse lançado nela a teria abatido. Minha língua secou, tanto a odiei quando ela acrescentou, sem um pingo de vergonha:

Ha, então foi por isso que ouvi aquele ganido lá fora.

Lá fora, como sempre que anoitecia naquele verão seco, só se ouviam os grilos cricrilando para os céus. Mas nada de cachorro. Ela enfeitava a minha mentira com o susto de uma cadela no cio. Mentia para que na minha aflição eu não dissesse que meu pai é que estava no cio, que se quisesse eu o teria podido assustar.

Quantas vezes tive de mentir ou calar a boca para que, exatamente quando não os suportava, as pessoas que eu mais amava não deparassem com alguma desgraça. Quando eu desejava sentir um ódio eterno, a repulsa o atenuava. Entre um sopro de amor e um monte de auto-acusações, eu já me entregava ao ódio seguinte. Para poupar os outros, eu sempre tive inteligência bastante. Mas nunca quando se tratava da minha própria infelicidade.

Certa noite, mamãe vestiu o vestido de verão com os botões de pérola muito juntos, e a fenda atrevida na bunda, penteou o cabelo numa torrezinha meio inclinada, prendeu-o com grampos e enfiou um caramelo na boca. Sempre que ela chupava caramelos ao limpar a casa estava pensando em algo que exigia astúcia. Calçou as sandálias brancas e disse:

Que dia quente. Agora está fresquinho lá fora. Vou andar um pouco na alameda.

Não sei se com aquele vestido apertado ela conseguiria passar pelo buraco na cerca. Quando ela chegou no depósito, seu marido consertava a refrigeração do motor. Deve ter-se controlado, como dizia Lili, quando viu a fenda ousada, o penteado e as sandálias brancas. Talvez a tenha sentado atrás do guidom para esperar que o motor ficasse pronto. No rebrilhar dos troncos alvos e das sandálias brancas, chegaram em casa de braços dados. No jantar ela disse:

Ninguém lhe paga para consertar o ônibus toda noite depois do longo dia de trabalho.

Mas como, ele disse, eu faço a maior parte dos trajetos, em troca ganho um bônus depois do Ano-Novo. Por que mais eu faria isso.

Mamãe arqueou as sobrancelhas, até se levantou da cadeira e cortou pão para si e para ele, embora pão e faca estivessem ao lado do prato dele. Nós mesmos tínhamos de cortar o nosso pão, meu avô e eu.

Depois de morte de meu pai mamãe botava um prato a menos na mesa, como se fosse a coisa mais natural do mundo. Tinha ainda o mesmo apetite e parecia até dormir melhor. Suas olheiras sumiram. Não ficou mais moça mas parou de envelhecer enquanto o tempo passava. Indiferença traz consigo negligência exterior, mas ela não era assim. Talvez estivesse internamente perplexa, nem orgulhosa da solidão nem fora de si de tanta liberação. Nem alegre nem triste, sua expressão facial não mudava. Um copo de água tinha mais vida do que ela. Parecia-se com a toalha quando se secava, com a mesa quando a limpava. Com a cadeira quando se sentava nela. Quando fez um ano que meu pai morrera, meu avô comentou:

Você tem tempo, vá mais vezes à cidade, quem sabe você encontra um homem que lhe agrade. Não seria nada mau ter alguém mais moço do que eu para o trabalho no quintal.

Se eu fizesse isso, você teria de me impedir, disse mamãe, meu marido era seu filho.

Mas eu não sou assim.

Você também não se casou mais.

Eu não, mas seu marido não morreu no campo de concentração, disse vovô.

Foi em vão, mamãe não penteava mais os cabelos presos para cima, e pendurou para sempre no armário aquele vestido justo com a fenda na bunda. Não queria mais atiçar nenhum homem. Tinha perdido toda a curiosidade, também por sua filha que escapara de casa e raramente voltava.

Quando meu avô morreu, fiquei com ela em casa apenas uma noite. Na tarde seguinte voltei para a cidade grande. Ela podia ter me pedido para ficar mais, eu tirara dois dias de folga. Na minha cama havia sacos plásticos com as roupas de inverno dela, eu dormi no sofá, e ela nem se incomodou com isso. Antes de eu sair para a estação de trem ela pôs a mesa. Colocou dois pratos, sem notar que eu estava apenas fazendo de conta. Antigamente, quando eu não tinha fome, ela dizia que eu era cheia de manias. Agora, nem notou.

Por muitos anos houve sempre quatro pratos na mesa. Parecia normal, pois éramos quatro na casa. Até que mamãe me confessou que eu só existia porque meu irmão tinha morrido. Desde então éramos cinco, um de nós comia do prato de meu irmão. Eu não sabia quem. Meu irmão nunca chegara a comer do seu prato.

Ele segurava o mamilo dela nos lábios mas não sugava mais, disse meu avô, nem notamos logo que ele não estava dormindo, que ele...

Como o quinto prato nunca estava na mesa, os outros quatro não duraram muito. O primeiro prato ficou supérfluo com a morte de meu pai. Minha partida para a cidade grande tirou da mesa o segundo. Com a morte de meu avô, o terceiro prato se tornou inútil.

O bonde está inclinado. Talvez os trilhos estejam entortados devido ao calor. A velha tem problema de nervos, sua cabeça treme de um lado para outro como se dissesse não o tempo todo. Quando chega o mercado, ela pergunta. O condutor diz: Demora ainda.

O rapaz fica parado junto da porta de trás. Ainda estamos no Tribunal, ele diz, a senhora não é daqui. Sou, sou, diz a velha, mas meus óculos se quebraram ontem. Fui à ótica mas eles não têm lentes nem cola nem nada. Agora vou ter de esperar duas semanas. Se eu tivesse a idade dela, mas a gente não pode trocar de lugar com as pessoas, nem com Lili ou Paul. Nunca quero ter de desembarcar no Tribunal. Isso vai se esclarecer no julgamento, você vai acabar falando, diz Albu quando não fica satisfeito com uma de minhas respostas. O condutor tira do bolso da camisa o terceiro pãozinho, morde e larga. O bocado desliza pela sua goela. Se demorar muito não vou conseguir ovos hoje, diz a velha. O bonde pára. Entra alguém de terno com uma pasta. Então vou comprar ameixas, diz a velha, olha para ele e dá uma risadinha: Essas eu posso levar inteiras para casa, elas não se quebram. Mas você precisa de ovos também para seu bolo, diz o condutor, com um pouco de rum e muito açúcar. Sim, sim, diz a velha, vocês homens gostam de doce.

Enquanto mamãe e eu comíamos depois do enterro de meu avô, a vassoura que estava num canto caiu com estrondo. Eu vi meu pai cair, e com meu avô devia ter sido a mesma coisa. Agarrei o copo de água. Se mamãe fosse curiosa, com certeza eu teria lhe falado da mentira na fábrica, da morte que eu trazia comigo em meus novos sapatos cinzentos, de salto alto. Ela enfiou na boca um pedaço de crosta de pão antes de se levantar e botar de novo a vassoura no seu canto.

Quando um ferro de passar caía no chão na fábrica, ou um guarda-chuva no bonde, ou uma bicicleta na rua, eu sentia um vinil frio correndo para o meio da testa, vindo das duas têmporas. Mamãe mastigava e bebia muita água, estava mais convencida de que era minha mãe do que eu. Ficou olhando o prato, e então disse:

Sabe, uma vez comecei a escrever para você. Estava sentada no café, e tive vontade de fazer isso. Deve ter sido em maio ou junho, agora estamos em... Ah, sim, já é setembro. Então fui até o correio. Cheguei a colar os selos, mas esqueci seu endereço.

Eu fitei os olhos dela e me deixei levar.

Você ainda tem meu endereço, perguntei.

Está num papelzinho, eu tenho de procurar.

Eu não a chamava de mamãe, só de você, como se fala com uma criança desconhecida, e "a senhora" não dava. Era incômodo escutá-la, tanto fazia falar ou calar, como aquela vez quando saí de casa sem motivo, e também teria podido ficar sem motivo. Havia empregos de escritório na cidadezinha, até na panificadora. Como se diz hoje em dia, simplesmente aconteceu.

Quando fui para a estação, o ar cheirava a farinha. O porteiro estava diante do portão da panificadora tirando com a mão as caspas do casaco de seu uniforme. Ergueu o boné e me cumprimentou, eu nem o conhecia. Quando passei, ele bocejou alto. Olhei para trás como se, em vez do porteiro, bocejasse uma laje de concreto solta, na esteira de meus sapatos de salto alto cinzentos, e eu tivesse a sorte de ter escapado na hora H. Tudo era possível naquele local, ele era capaz de deixar a noite chegar antes da tarde para que o sol viesse logo até ali, atrás da padaria, como uma bola de fogo, e pouco antes da noite entrasse nos edifícios, escuros como uma lata de guardar pão. Pensei no anoitecer depois do enterro de meu pai. Tínhamos chegado em casa do cemitério, meu avô atravessou o pátio, abriu a torneira e puxou a mangueira do jardim até os pessegueiros. Mamãe gritou:

Não com esse terno, vá mudar de roupa.

Corri atrás dele. É que está tudo tão seco, ele disse. Como se os pessegueiros fossem morrer de sede nos próximos quinze minutos. A água espirrou, formou em torno dos troncos umas bolhas turvas cheias de formigas afogadas. A terra bebia lentamente. Então vovô disse:

A gente sai para dar uma caminhada e o mundo se abre. E antes que a gente tenha conseguido esticar bem as pernas, mais uma vez ele se fecha. Daqui até ali é só um liga-e-desliga de uma lanterna, e chamam isso de vida. Nem vale a pena calçar os sapatos.

Agora meu avô esticara as pernas a segunda vez. Eu queria entrar no trem, atravessar todos os milharais antes que escurecesse. Viajar ao longo de todas as pequenas estações de trem que pareciam casinhas de cachorro. Estar bem longe quando mamãe colocasse na mesa o último prato. Em todos esses anos, ela deve ter comido do prato e da fome de meu irmão. Por isso ela podia ficar tão bem sozinha, como se tivesse havido sempre apenas um prato na sua mesa.

Quando contemplei o bilhete azul, entendi: Que sorte que meu pai não me tenha enredado no seu amor. Seu ímpeto foi mais esperto do que seu cérebro. Que sorte ele ter preferido a sombra daquela carne estranha à seiva de minha pêra mordida. Mamãe nem em sonho merecia que eu, em minha juventude, tomasse seu lugar levando meu pai de volta aos primeiros anos de amor com ela, simplesmente proteger nossa família da moça das tranças.

Com Lili foi diferente, o segundo marido de sua mãe foi o primeiro que Lili conseguiu agarrar.

Ele não foi nojento, disse Lili, com o tempo apenas se tornou comum. Estar com ele quando minha mãe saía era mais natural do que usar a maçaneta da porta.

O segredo de Lili tornou-se passado quando ela conheceu o porteiro da noite com cicatriz de guerra na nuca. Até ele se aposentar, depois da meia-noite Lili se deitava com ele atrás do painel de chaves da recepção. Depois, à noite ia até o depósito de uma loja cheio de roupas de couro até o peitoril da janela, até que finalmente o comerciante se mudou com a mulher para o interior. Então foi no hospital, até que o plantonista da noite foi visitar seu cunhado em Buenos Aires, e nunca mais voltou. Depois disso Lili transferiu o amor para a tarde, no quartinho escuro de um fotógrafo.

A pressa me excita, dizia Lili.

O pecado com o padrasto passara havia muito tempo, mas os olhos de Lili ainda adquiriam um brilho de vidro polido quando dizia:

Minha mãe dorme com seu segundo marido, e se cobre com a morte do primeiro.

Segredo e pressa eram mais importantes do que sentimento. Exceto o velho oficial, cada homem com quem ela tinha uma história, tinha esposa em casa. O primeiro ano com o padrasto foi o mais arriscado e mais bonito. Lilia admitia que não havia nada de mais em ser segredo. Apenas sempre fora assim. Por que no começo o amor tem garras de gato e com o tempo some feito o camundongo que é devorado, isso é que é segredo, dizia Lili.

Ela era alemã. Seu pai fora convocado logo depois de se casar, e na guerra uma mina o despedaçara. A mãe de Lili estava no segundo mês de gravidez. Como viúva de guerra, todo ano ela recebia dois pacotes de ajuda da Cruz Vermelha alemã. Num veio o edredom com que ela desde então se cobria. E no outro o casaco azul com pregas que Lili usava porque era apertado demais para sua mãe. Ainda que ninguém mais tivesse casaco com pregas, não era bonito. Era de tecido fino e duro, e brilhava como se acabasse de sair da água. A gente imaginava que fosse pingar na bainha. Eu disse:

Isso é coisa de mulher velha, como zinco enrugado na cintura para não se ver a banha dos quadris.

E daí, ele é prático, e azul combina com meus olhos, disse Lili. Quando falava na mãe, ela também mencionava o soldado morto que nem tivera tempo de ser pai. Quando eu estava com Lili na cidade e ela usava sua carteira, eu via a beira recortada de uma fotografia. Uma vez perguntei:

Quem é que você tem aí dentro.

Primeiro Lili enfiou a carteira no casaco, depois disse:

Meu pai.

Ele é um segredo, perguntei.

Sim.

Por que então conta aquelas coisas dele.

Porque você faz perguntas intrometidas.

Primeiro você falou dele, depois é que eu perguntei.

Não falei nada do retrato.

Mas pode me mostrar, se ele está aí.

Como é que ele pode estar aqui, se está morto, ela disse.

Bati em minha testa com a mão:

Você está doidinha.

Lili tirou a foto da carteira e estendeu-a para mim. Ele ainda não tinha vinte anos, sorria meio torto, e trazia uma margarida branca na casa do botão da lapela de seu paletó de soldado. Lili tinha os olhos e o nariz dele. Eu quis pegar a foto, mas Lili afastou a minha mão.

Olhar sim, pegar não.

Botei meu indicador na testa de Lili.

Lelé, você está lelé.

Já olhou o bastante.

Não, você não pára quieta.

Então Lili botou a foto de cabeça para baixo, como se seu pai estivesse pendurado pelas pernas. As pontas do colarinho e o quepe na frente estavam cobertos de tinta, os pontos brilhavam, mas o retrato era fosco. Eu logo notara isso, e assim de cabeça para baixo também se via. Vergonha diminui os olhos, mas os dela se abriram bem e se esqueceram de piscar. Lili queria brigar, mas não era por causa dos pontos do uniforme que alguém pintara por cima.

Guarde, eu disse.

Por quê, você o está comendo com os olhos.

Perdão, berrei.

Perdão por quê, ela perguntou.

Você está com ciúme.

Talvez você esteja, para mim ele é moço demais.

Agora estaria no ponto.

Eu nunca pensei nisso.

Eu já, eu disse.

Todo dia depois do trabalho eu me alegrava por estar livre de Nelu. Ficava andando de um lado para outro na frente das casas baixas, sujas, junto da parada de bonde. As janelas ficavam logo acima da calçada. Atrás das cortinas, as luzes já ardiam na tarde de inverno. O pouco de gelo rebrilhava como leite derramado nos buracos da rua, os caminhões passavam matraqueando. No torvelinho atrás das rodas aparecia o menino morto com seus vermes de poeira. Ele corria muito melhor agora que estava morto, e meu pai dirigia ainda melhor. Quando a rua engolia o matraquear e a poeira de neve, perdia a direção. Deixei passar um bonde, depois três. De qualquer modo Paul trabalhava uma hora e meia a mais do que eu. Nada me atraía para casa. Passaram outros caminhões, se eu tivesse sorte passaria também um ônibus entre eles. Certa vez o menino dos vermes de poeira e meu pai se vingaram, porque tiveram de aparecer demasiadas vezes. E um homem com uma mala veio até o bonde.

No verão passado Paul teve de subir de novo na moto descalço com o torso nu, e com uma calça emprestada. Tudo o que estivera usando desaparecera enquanto ele estava no chuveiro — camisa, calça, cueca, meias e sandálias. Embora o vestiário fosse vigiado desde a primavera, naquele verão, pela quarta vez, depois do banho Paul não tinha nada que vestir. Além da pele. Roubar não é um ato mau na fábrica. Ela pertence ao povo, e a gente é povo e simplesmente pega a propriedade do povo, ferro, lata, lenha, parafusos e arame, o que houver por ali para pegar. E a gente diz:

De dia se pega, de noite se rouba.

Entrementes desaparecem as meias de um, a camisa do outro, os sapatos de um terceiro. Também antes que houvesse alguém vigiando, ninguém era roubado tantas vezes quanto Paul. E só dele tiraram tudo de uma vez. Ele não tinha nenhuma roupa especial. Paul passar vergonha plantado ali na fábrica inteiramente nu era mais importante para o ladrão do que suas roupas. Alguém estava humilhando Paul. Ele observava minuciosamente quando os outros falavam, riam, comiam, seus gestos no trabalho, o arrastar de pés no aposento. Todos faziam as coisas de sempre, mas uma vez aquele que ele procurava havia de se distrair e cometer erros, pensava Paul. E aí acertaria contas com o sujeito, na frente de todo mundo.

Mas como fará isso, perguntei.

Vou bater nele até ele guinchar feito um rato.

Muitos berram para que a gente saiba que deve parar. Mas muitos ficam quietos, e a gente bate até que eles morram. Fiquei com medo de que na sua cegueira Paul se excedesse, e disse:

Um ladrão de roupa a gente deixa nu e manda passear assim pela fábrica, aí ele fica menor do que um ratinho, e você não terá feito nada errado, e não terá nenhuma culpa.

Sim, pode ser qualquer pessoa. Se for um dos velhos, ou um rapazinho raquítico com orelhas maiores do que os pés, eu vou levá-lo para fora para uma conversinha.

Há roupa suficiente, imagine se lhe tivessem roubado a pele, aí sim, disseram os colegas de Paul. Ouvi dizer que ontem você andou arejando os mamilos. Ficou de novo esperando, todo ensaboado, e nada de aparecer uma massagista.

Paul acompanhou nas risadas. Preferia aqueles piadistas ao bando calado com boca suja e olhos sem vida. Paul não conseguia descobrir que aparência tinha o ladrão. Ou ele não cometia erros, ou Paul não percebia. Também as roupas de reserva, que todo mundo tinha no armário de ferramentas para um caso de roubo, tinham sumido depois do chuveiro.

O nosso socialismo deixa seus trabalhadores saírem nus do trabalho, disse Paul na fábrica. A cada duas semanas a gente parece um recém-nascido, isso mantém a juventude.

Quando os piadistas apareciam no pavilhão da fábrica de manhã, cumprimentavam:

Bom-dia, pelado.

No almoço, desejavam:

Bom apetite, pelado.

Antes de irem para casa:

Boa-noite, pelado.

Na reunião do partido a diferença se apagava, dizia Paul. Todos ficavam sentados como uma cerca de madeira na penúltima fila. O suor pingava de suas têmporas, os cabelos grudavam no crânio, e não se sabia se era do sol ou de medo. Para não dar a impressão de querer pedir a palavra, eles nunca tiravam as mãos do colo, sujas, duras e imóveis pressionando os joelhos. Na sala de reuniões, na frente, as cortinas estavam cerradas, havia sombra no púlpito e nas primeiras filas de cadeiras, mas elas estavam vazias, exceto por Paul. Ele tinha de exercer autocrítica de pé ali na frente, e depois sentar-se sozinho na fileira com sombra, em uma das cadeiras que rangiam só de se respirar. E ele tinha de respirar fundo porque até o ar parecia se encolher de medo diante dele.

Paul dizia que tinha entrado no partido quando ainda era um garoto ranhento, no décimo ano da escola de mecânica. A mãe de Paul dizia:

No interior a gente pode ser muito esperto, mas sem o livro vermelho só resta plantar-se de pernas para o ar e refocilar no pó feito uma codorna.

Ela era uma moça de aldeia, que fugira da plantação de beterrabas para a cidade. Na indústria pesada havia cinco vezes mais homens que mulheres. Nas camas, converteu-se ao comunismo por meio do sexo.

Virou uma dama fina, dizia Paul. Ora, o que é que ela sabia. Sabia usar a enxada, semear, colher, cerzir meias, costurar um pouquinho à máquina, dançar bem e ordenhar ovelhas. Sua experiência de partido cessava na beira da cama, mas ela sabia muito bem em que idade uma moça bonita devia parar de trocar de homem. Preservou esse instinto e casou-se um milímetro antes de ficar arruinada, com o pai de Paul, um herói do trabalho socialista. Tornou-se e permaneceu fiel. O marido quis lhe ensinar o linguajar do partido. O cérebro dela era inteligente mas a boca, mole demais para uma linguagem na qual nunca se falava de gostos e cheiros, de escutar ou enxergar. Tudo que o pai de Paul recitava diante dela soava como zombaria quando ela o repetia: Na nossa força está o progresso.

Fale mais baixo, ele dizia.

Mas aí soava fraco.

Um pouco mais alto, soava extravagante.

Você está falando da causa, ele dizia, não é nada pessoal.

Mas como, ela perguntava, se eu também faço parte da nossa força.

Você pode falar assim quando está trazendo as ovelhas da montanha para o vale, mas na reunião do partido, por favor, fique de bico calado.

A instrução durou todo um mês janeiro. A mãe de Paul disse que preferia remover toda a montanha de neve lá fora a treinar aquela linguagem. Seu marido então desistiu.

Três dias depois de eu ter me mudado para o apartamento de Paul no bloco residencial torto, todo mundo na fábrica sabia, embora Paul não tivesse contado a ninguém. A mãe dele descobriu com a mesma velocidade. Ela escreveu ao filho uma carta cheia de erros e letras trocadas, chamando-o:

Oh, luz dos meus olhos, minha vida.

E aí vinha: Há moças que parecem flores ou anjos. Mas você, meu filho, se enrola num pano onde todos já se limparam. Essa mulher não gosta nem de você nem de seu país. Essa mulher vai envenenar seu coração. Não a traga para a soleira de minha casa. Você está jogando sua vida na lama. Por favor, meu filho, eu lhe peço, termine tudo com ela.

Debaixo de beijos não estava escrito *Sua mãe*, mas a assinatura dela, floreada e bem treinada, como se fosse uma mulher culta e refinada. Paul estava certo de que alguém ditara aquela carta. Ele conhecia as palavras carinhosas e a letra dela.

E essa assinatura.

É dela, disse Paul.

O pai dele a ensinara a assinar o nome, e ela aprendeu com a mesma facilidade que tinha para cerzir meias ou ordenhar ovelhas. O pai de Paul achava que a assinatura é a imagem da pessoa, que na assinatura se vê mais do que nos próprios olhos. Como sua mulher raramente escrevia mas com freqüência tinha de assinar formulários na fábrica, depois daquele janeiro fracassado ele pelo menos lhe ensinara a assinar com aqueles floreios, treinando em margens de folhas de jornal. Essa carta é a razão pela qual até hoje não conheço a mãe de Paul. Há um retrato que Paul recebeu um ano depois da morte do pai, quando parou de usar luto, e que chegou junto com uma carta. Ela está de permanente, e tem a cara redonda, inchada pela idade, que lhe dá uma expressão bondosa. Uma serralheira aposentada que depois do período de luto pela primeira vez volta a uma confeitaria e come bolos. A carne pende molenga em torno dos cotovelos por baixo da mangas curtas. No pulso, usa um relógio de homem, e agarra com todos os cinco dedos a colher pequena. Com a esquerda segura a bolsa no colo.

Paul conta que numa reunião ela não calou a boca e pediu a palavra para se queixar do vento encanado no pavilhão da fábrica.

Para os homens, tudo bem, ela disse, eles vestem calças compridas e não ficam resfriados. Mas nós mulheres sentimos o vento soprar na perereca. Todo mundo riu, e ela ficou espantada e se corrigiu.

Bom, nós mulheres sentimos o vento na coisa.

Depois da reunião, no caminho de casa, o pai de Paul a esbofeteou dizendo:

Você não entende que também está me fazendo de bobo.

Então descarregou sua raiva na rua, não conseguiu nem esperar que chegassem em casa. E talvez também porque em casa não teria mais tido coragem. Foi a única vez que ele bateu nela. A partir daquele dia ela recebeu o apelido: Coisa. E até se aposentar, na fábrica só a chamavam assim.

Antes de Paul e eu nos casarmos, o engenheiro o chamou e disse: Você pescou um abacaxi, essa moça o confunde com os seus Marcellos. Ainda é hora de recuar.

Eu me lixei para o que ele disse. Mas o que Paul respondeu foi atrevido demais, como eram todas as respostas apropriadas:

Eu quis namorar a filha de Stalin, mas infelizmente ela já está comprometida.

Depois dessa resposta nos casamos, e o engenheiro ficou esperando o próximo erro de Paul. E se Paul não tivesse dito que os trabalhadores saem da fábrica nus, teria havido outra acusação. Sempre se encontravam erros a censurar, mas nunca as roupas roubadas.

Graças a Deus não há parada de bonde na ponte. Não quero ver o rio, não gosto do que ele carrega em suas águas. Quer sua superfície reflita aquilo que ele viu, quer leve o que viu em suas ondas encrespadas, o rio acaba deixando todo mundo atordoado, a mim revira até o gogó na garganta. Mesmo assim, tenho de olhar. Os salgueiros parecem maiores, com esse calor a água está baixa. O sol passa por cima, línguas de fogo e agulhas escaldantes. O homem da pasta está sentado meio torto e pisca os olhos. Agora descobre que a pasta pode servir de guarda-sol, e a coloca diante da vidraça. Para mim também é bom, se não estivesse meio doida com o rio, poderia ficar olhando só para a pasta. A paisagem passa pelos dois lados do carro, e em um deles a pasta parece uma porta secreta. Entre as divisões da pasta há folhas, provavelmente papéis da Justiça com nomes, carimbos, assinaturas e uma acusação. Na Justiça nunca se trata de coisa boa. O homem pode ser alguém de fora que quer ler ainda uma vez tudo isso calmamente, ou um acusado que antes da última audiência ainda conseguiu uma breve trégua. De um jeito ou outro ele tem sorte, sabe o que consta em seu processo. Eu fui convocada para as dez em ponto, e ele pode ir para casa antes das nove. Sua roupa é bem-arrumada. Um acusado que se apronta cedo de manhã ainda pode cuidar de combinar as abotoaduras, ter a barba bem-feita, vinco na calça e sapatos lustrados. Naturalmente teria razão para fazê-lo; à diferença de um juiz, ainda que isso nada mude no processo, ele teria de causar uma impressão impecável. Ou ele tem vaidade daquela pasta e anda com ela por ali para se exibir não importa aonde vá. Para isso é preciso ter um trabalho no qual a gente não se suje. Ele pode ser as duas coisas, certamente há juízes que são acusados. Há motivos tão fúteis para erros graves, certamente também gente com abotoaduras combinando é acusada. Até juízes que sabem de cor tudo que a lei proíbe. Mas e se seus filhos fazem algo proibido. Eles também crescem e saem de casa e não são diferentes de Lili e de mim. Quem é afinal a minha mãe: ninguém se interessou por ela quando eu escrevi aqueles bilhetes. Meu pai estava morto, o padrasto de Lili, aposentado. Se ele ou o meu pai fossem juízes, o que teria impedido Lili de fugir e a mim de escrever bilhetes. Filhos de juízes também sabem do mundo, e viajam para o mar Negro como todos neste país. Olham para fora e como todo mundo são atraídos para algum lugar. Não é preciso ter vida ruim para pensar: Isto aqui não pode ser minha vida para sempre. Como Lili e eu, também filhos de juízes sabem que o mesmo céu que cobre os soldados na fronteira prossegue para a Itália ou o Canadá, onde a vida é melhor do que aqui. Venha a mim a felicidade, pedem todos eles, mas não pedem aos homens da fronteira. Um a pede a Deus, outro ao céu inabitado. Seja com quem for, às vezes a coisa acaba bem. Às vezes rubra como um canteiro de papoulas, às vezes se acaba solitário como o oficial de Lili, às vezes todo confuso como eu. Cedo ou tarde, de um jeito ou de outro, a gente tenta.

Paul chegou descalço em casa, os sapatos de reserva de seus colegas não lhe serviam. Dessa vez não precisou de camisa, era verão e estava quente. Teve de pedir uma calça emprestada. Ela ficava um pouco acima dos tornozelos, e tinha três vezes a largura de Paul, então ele a prendera na cintura com arame. Paul divertiu-se com sua aparência em casa, e deu uns passos de dança no corredor. Os fundilhos da calça ficavam pendurados atrás de seus joelhos. Ele esticou os braços e me fez girar ao seu redor cada vez mais depressa. Eu pus o ouvido na sua boca, ele cantarolava uma canção, fechou os olhos e apertou minha mão no peito. Senti na mão o pulsar rápido e disse:

Não tão depressa, seu coração parece uma pomba assustada.

Dançamos mais devagar, cotovelos entre nós, bundas bem esticadas, barriga e pernas com espaço para balançar. Paul me pressionou no quadril esquerdo, e balançou, depois no direito, e depois sua barriga se afastou da minha na dança, e meus quadris rebolaram sozinhos. Nada havia na cabeça além desse ritmo.

Assim dançam os velhos, ele disse, meu pai chamava os quadris angulosos de minha mãe de ossos de tango.

Eu pisei nos dedos dos pés empoeirados de Paul com meus sapatos vermelhos e cantei:

Mundo mundo irmão mundo
quando me cansar de ti
quando meu pão secar
quando minha mão esquecer o copo
quando as tábuas do caixão se fecharem
talvez então eu me canse de ti
quem vive se desespera
quem morre se decompõe...

Que bom, nós ríamos enquanto eu cantava a canção na qual a morte chega como um brinde da vida já paga. Rindo, engolíamos a canção e não saíamos do ritmo. De repente, Paul me empurrou e gritou:

Ai, o zíper está me beliscando.

Eu o quis abrir mas não consegui. Quando ele tirou o arame da cintura e jogou no canto, o fundilho lhe caiu nos calcanhares mas a calça ficou pendurada na frente. Eu devia cortar os pentelhos presos no zíper, mas de tanto rir não conseguia. Paul pegou a tesoura, tremendo:

Suma daqui, criatura.

Aonde quer que eu vá, perguntei.

Deixei Paul ajeitar-se sozinho, mas continuei rindo, um riso cada vez mais vibrante, como um ataque. Ri até acabar. Inspirava fundo e expirava, estourava de tanto ar e de repente não tinha mais ar algum, e isso foi o fim. Mas o começo foi a própria felicidade. Poder dançar ao ritmo do riso, romper a rédea curta na qual estávamos sempre amarrados. Que uma canção de morte soprasse calidamente nossas têmporas, do interior, só podia ter sido felicidade. Até nos envergonharmos um do outro, até a rédea ficar mais curta que o nariz, até ali foi felicidade. Depois Paul penteou os cabelos com a mão e eu encolhi os dedos, enfiei minhas unhas nas palmas das mãos como uma criança repreendida.

Esse silêncio depois da felicidade vinha como se os móveis ficassem arrepiados. Caímos de cara naquele nosso beco sem saída, principalmente Paul. Ele sempre tinha medo de que nos acostumássemos com a felicidade. Enquanto eu ainda estava rindo, ele já cortara os pentelhos, a tesoura estava pendurada na tábua das chaves, a gigantesca calça de reserva no canto. Paul saiu do quarto de cueca para o corredor e postou-se bem no sol, um longo retângulo entre assoalho e parede. A luz do sol cortava sua sombra bem acima dos joelhos.

Por que você sempre ri com essa alegria maligna, ele perguntou.

Era como se Nelu dissesse:

Lá vem você de novo com essa sua felicidade suja e torta.

Nelu tinha alguma razão, eu ficava feliz porque precisava ficar. Nelu era insuperável em causar danos. Mas minha língua era mais rápida, minhas mãos mais hábeis do que as dele. Ele esquecia pêlos no queixo ao fazer a barba, ao fazer café ele derramava o filtro. Ao amarrar os sapatos ele ficava lidando eternamente com os cadarços e nunca fazia um laço correto. Sabia falar muito sobre botões mas não conseguia costurar um só.

Quando algo dava errado para ele, eu dizia: Você fez outra cagada.

Seguidamente ele batia com a têmpora na porta do armário. Quando seu lápis recém-apontado caía no chão, ele se abaixava e esquecia uma gaveta aberta acima da cabeça. Eu dizia, vendo o hematoma:

Outra violetinha florescendo hoje.

E ria até que ele fugia do meu desprezo correndo para o pátio da fábrica, para ter de novo algum valor diante dos outros. Por mais tempo que ele ficasse longe, quanto voltava eu ainda estava rindo ou começava outra vez. Ele massageava seu galo novo, e as marcas verde-azuladas dos dias anteriores continuavam ali.

Talvez meus acessos de riso com Nelu se parecessem com os que eu tinha com Paul. Mas com Nelu o desprezo era importante para mim, minha alegria era pura maldade. Nelu merecia todos aqueles desastres. O que lhe acontecia de ruim ainda era muito pouco. Tudo bem que Nelu não suportasse minha felicidade torta. Mas não era suja. Suja era a dele, que me acuou até eu finalmente ser demitida. Fazer a barba, amarrar sapatos, costurar um botão são amenidades para uso próprio. Isso não nos ajuda a permanecer numa fábrica, para isso são necessárias coisas bem diferentes...

Naturalmente eu exercia ainda mais a minha felicidade torta depois de Nelu ter-me causado aquele mal. Desde o primeiro bilhete meu riso soava como se eu não desse a mínima para o que ele fizera. Mas fiquei impotente para me livrar do dano que ele me causou.

Depois de dançar Paul foi à cidade com a Java para comprar dois pares de sapatos. Um para calçar e um de reserva para o armário das ferramentas. Fiquei seguindo com o olhar, a Java vermelha na rua lá embaixo, bonita como o pote de café esmaltado de vermelho na mesa da cozinha. Atravessei a mancha de sol no corredor e não sabia aonde ir. Então encontrei no depósito meus primeiros sapatos de casamento, eram brancos. Os segundos eram marrons. Por cima ficavam as sandálias furadas de Paul, as do verão passado. O outono chegara durante a noite, um céu baixo, a chuva comprimindo as folhas podres na terra. De um dia para outro jogávamos as coisas de verão em cima das outras nos cantos de trás e precisávamos do nosso dinheiro para roupas de inverno, não para meias-solas caras nas sandálias. Só o mau tempo já era motivo suficiente para eu não ir ao sapateiro com sandálias de verão. Demoraria bastante até retornar o tempo de usá-las. O mais essencial já era para nós quase excessivo.

A mancha de sol espraiara-se toda no assoalho, mas ainda sem tocar na calça emprestada. Também não toquei nela. No apartamento reinava aquele silêncio que faz a gente sentir que ocupa todo o espaço, do chão ao teto, o que não é possível. Até um prato caindo da mesa, ou um quadro da parede, como se meu pai morresse outra vez, teria sido melhor. Com mãos hesitantes atravessei a mancha de sol até o quarto e fechei a janela, mas antes olhei para fora: na calçada onde nenhuma pessoa comum pode estacionar havia duas pessoas em um carro vermelho. Uma gesticulava com as mãos, a outra fumava. Saí do quarto para o corredor, a cozinha, o corredor. Conheço esse movimento em que a gente esquece o que pretendia fazer, até que finalmente se lembra. Para um lado e outro com passos arrastados ou pisadas fortes demais, saindo depressa de onde se está. Joguei no depósito os sapatos de noiva e fechei a porta. Peguei as sandálias de Paul e limpei as teias de aranha. Na sola direita ainda estava grudada uma amora esmagada. Por causa dela, mas também por causa do carro vermelho, tudo de repente desabou sobre mim: o verão passado no rio, a nudez de Paul depois do banho na fábrica, nossa dança no corredor, e a brutalidade com que Paul arrancara a tesoura de minha mão.

Bom seria se em nossa cabeça houvesse coisas para serem tocadas, em lugar dos pensamentos que a gente rumina sem cessar. Gente que queremos ter ou largar, e objetos que preservamos ou perdemos. Haveria uma ordem: no meio da cabeça estaria Paul, e não este meu agarrar-me a ele e afastar-me dele no mesmo amor. Nas têmporas correriam as calçadas enquanto quisessem, nas faces talvez estivessem as lojas com vitrines, não meus destinos disparatados na cidade. Na parte de trás da cabeça, inevitavelmente, na parte de trás está o mensageiro de Albu, que possivelmente está sentado no carro vermelho lá embaixo antes de tocar a campainha e vir me convocar. Verbalmente para que eu tenha medo de confundir a data porque Paul ou eu não ouvimos direito. Sim, melhor seria se o mensageiro estivesse pessoalmente na parte de trás de minha cabeça em lugar da sua voz baixinha que penetra, e quando ele volta a aparecer diante da porta ainda está ali desde última vez. Na nuca estariam as pontes fluviais e meu primeiro marido com a mala, mas não o motivo suficiente para saltar. No cerebelo, de onde dizem que vem o equilíbrio, uma mesa na qual repousaria uma mosca, em lugar do jantar sem fome. Tudo coisas sólidas, que exigem na cabeça apenas o lugar onde pousar. Superfícies e contornos que podem ser divididos em amigos e adversários, distinguidos sem esforço. E nos intervalos ainda sobraria espaço para a felicidade.

Embrulhei as sandálias num jornal, depois as enfiei num saco plástico; não queria passar pelo carro vermelho com um pacote de jornal. Fazer algo por Paul depois de ter rido demais, era isso que eu queria. E saber como eram os dois rostos no carro. E nem sabia mais se me atraíam os dois rostos na rua ou as sandálias de Paul.

Algumas pessoas não separam apenas objetos de pensamentos, separam também objetos de emoções. Eu me pergunto como fazem isso. Que as andorinhas sobre o campo de feijões, enfileiradas nas nuvens, tenham as pontas das asas iguais às pontas do bigode de Nelu é incompreensível, mas é apenas uma falha de percepção. Como em todas as falhas de percepção, não consigo descobrir se são os objetos em si ou os pensamentos que explicam o erro. Já que assim é, a mente deveria estar à altura do encargo, e poder suportar tantas falhas de percepção quantas árvores a terra pode carregar. Dobrei num pequeno retângulo duas notas de cinqüenta *lei*, e peguei-as na mão junto com o saco plástico. O elevador abriu-se, meu rosto saltou no espelho antes que eu o pudesse seguir com os pés. O assoalho estremeceu, começou a viagem.

Cheguei bem perto do carro vermelho, queria que os dois vissem que o mundo está cheio de falhas de percepção e que eu podia descer em lugar de eles subirem. Pergunto pela janela aberta do carro:

Tem fogo.

Depois gostaria de ter dito:

Obrigada, eu não fumo, só queria saber se os senhores têm fogo. Eu imaginava que os dois me dariam fogo imediatamente para se livrarem de mim, mas estava enganada. Tudo acabou sendo bem diferente. O homem sacudiu a cabeça, a mulher vociferou:

Não, não está vendo que não fumamos.

Ele botou a mão no volante e deu uma risada como se ela tivesse dito uma grande piada. No anel de sinete dele brilhavam duas letras, um A e um N, e o cabelo da mulher era preto como a asa do corvo no sol quando ela disse algo no ouvido dele. O rosto dela era moreno gorduroso dos banhos de sol, e havia um colar de conchas em seu pescoço. Eu disse:

Talvez vocês tivessem fumado antes e voltassem a fumar depois de eu ir embora. Ou estou confundindo fumar com bolinar.

Ei, moça, ela disse, caso não tenha sido fodida hoje porque seu marido anda com as putas depois do trabalho, vá até o bar e pegue um de pau bem grande. Esse vai tirar essas idéias fantasiosas de sua cabeça.

Que nada, eu disse, prefiro esperar que o meu apareça, o pau dele parece um poste de telégrafo, e me levanta até o céu.

Naturalmente os dois não estavam se bolinando ali, faziam isso em outro lugar. Ela ficou despeitada tão depressa que deve ter sentido que eu a flagrara. Ele também, ou não teria ficado ali sentado encolhido e mudo como um monte de bosta. Provavelmente estava a serviço, e ela adoçava suas horas. Antes de ela fechar o vidro da janela, eu ainda disse:

Ouvi dizer que as mal fodidas estão usando colares de conchas neste verão, ou isso aí é bosta de pombo seca.

Realmente o colar de conchas parecia aquilo. Quando me afastei, escutei meus passos e me senti um pouco nauseada. A porta do bar estava aberta, mas não olhei para dentro, olhei as tílias, porque essas, eu sabia, não estavam bêbadas. Mas escutei as vozes bêbadas. O cheiro de cachaça, café, fumaça, desinfetante e poeira de verão me seguia.

Na oficina do sapateiro, pela primeira vez não havia música. Na mesa faltava o gravador com as pilhas amarradas com elástico. Atrás da mesa estava sentado um homem moço e tão dentuço que seus lábios não se tocavam quando ele fechava a boca. Como usasse um avental imaginei que era genro do sapateiro, o acordeonista. Perguntei pelo velho sapateiro. O rapaz fez quatro sinais-da-cruz e disse:

Morto.

Onde foi enterrado, perguntei.

O moço procurou numa gaveta, pensei que procurava um bilhete, mas ele pegou um cigarro.

A senhorita trouxe sapatos ou está procurando sepulturas.

Desembrulhei os sapatos do jornal, ele soprou a fumaça direto em frente e olhou meus dedos como se os sapatos pudessem explodir a qualquer momento.

O sapateiro estava doente, perguntei.

Ele balançou a cabeça afirmativamente.

O que é que ele tinha.

Não tinha dinheiro, disse o rapaz.

Ele se matou.

Como você sabe isso.

Estou perguntando, eu não sei.

Ele sacudiu a cabeça.

Um moço não tem culpa da morte de um velho, pensei, mas ele bem que podia ter compaixão. Esse boca-torta está contente por ter agora um lugar numa oficina com clientes chegando o dia todo.

Enquanto abria a tampa de uma lata de conserva, ele disse:

A sepultura fica na Maulbeerstrasse, isso é suficiente ou quer saber também qual a fileira.

Para mim é mais do que suficiente.

Para mim também, ele disse, mas desde março, desde que estou aqui, tenho de falar o tempo todo sobre o velho sapateiro.

Pensei que você fosse o genro dele, eu disse.

Deus me livre. No meu primeiro dia aqui, chegou um sujeito com um olho roxo parecendo um canário e foi tirando tudo da oficina bem na minha cara. Couro, martelos, remates, fivelas e pregos, ele levou tudo, até o papel esmeril, a pomada de lustrar sapatos e as escovas. E me disse que não faziam parte da oficina. Mas como, cara, eu não trouxe nada comigo, deixei tudo com meu substituto em Josefstadt. Se quiser, eu posso lhe vender tudo, disse o cara. Sabe, em casa estão esperando, não tinham dinheiro nem para comprar pão. Mas não sou besta, não vou comprar o que já é meu.

O sapateiro tinha uma boa freguesia, eu disse, então também tinha dinheiro.

A filha dele bebeu tudo, disse o rapaz, e deu uma surra no marido, por isso ele estava de olho roxo. Enquanto ele tirava todas as coisas, perguntei se também era sapateiro. Então ele esticou seus miseráveis dedos brancos e disse: Como, será que eu me pareço com você. Então o que é que você quer com esses troços, perguntei. Tocar acordeom, ele disse. Ah, sim, foi o que lhe deu esse olho roxo, eu disse. Não, ele disse, isso foi a minha mulher. Há sempre dois policiais no bar, pensei se não devia chamá-los. Mas os daqui ainda não me conhecem, só vou me incomodar. Possivelmente, o acordeonista ainda por cima ia dizer que eu é que o deixara de olho roxo. Na verdade, eu devia ter feito isso, deixar seu outro olho roxo também, ele bem que merecia.

Na Maulbeerstrasse[1] só tem acácias. O beberrão mora no começo da rua. No fim da rua está a Lili. E agora também o sapateiro. O velho sapateiro era magro e baixinho, mas tinha mãos grandes e unhas arredondadas, tingidas de marrom pelo couro, belas como dez sementes de abóbora torradas. Quando eu ia à sua oficina, ele passava a mão pela cabeça como se lá houvesse cabelo. Sua calva transpirava com a música popular que tocava baixinho no gravador e brilhava como as bolas de vidro que as pessoas põem nos canteiros de flores em volta das casas. Era como se ela fosse se quebrar se a gente lhe tocasse.

1. Maulbeerstrasse, Rua das Amoras. (N. da T.)

Ué, gastou de novo os sapatos dançando, brincava ele. Não sei se brincava. Sei apenas que pouco antes de chegar à sua oficina e encontrar o sapateiro novo eu acabara de dançar, pela primeira vez na vida, ao som de uma canção na qual a morte chega como um brinde da vida. Desde aquela noite no restaurante eu nunca mais dançara com meu primeiro marido, e ainda não tinha dançado com Paul. Depois de dançar com Paul eu não devia ter ido ao sapateiro, devia ter esperado pelo menos mais um dia, então o sapateiro estaria vivo. Era por minha culpa que ele estava morto.

Até sua mulher ser levada para o hospício, o sapateiro fora músico como seu irmão, seu cunhado e seu genro, que ainda hoje tocam toda noite no restaurante da avenida principal. Não são músicos de verdade, ele me dissera, eles não tocam por notas, tocam com a alma.

Não gosto de dançar e nunca mais queria ter um homem que gostasse de dançar. Quando conheci Paul, logo falei em dança. Paul disse: Isso é tão importante, eu não gosto de dançar, mulheres gostam mais de dançar. Eu só conheço homens que são obrigados a dançar. É, e aí dançam a noite toda com a mulher só para depois poderem transar com ela um quarto de hora.

Mas como, o meu primeiro marido gosta de dançar, eu disse, ele adora dançar. Você diz que isso é secundário porque nunca foi casado. Sempre que se tocava música meu marido ficava muito diferente. A mania dele de dançar e meu horror de dançar nos afastaram muito. Quando tocavam música, nós ficamos totalmente separados. Eu entrava em mim mesma, me afastava, ficava sem graça, e ele saía de si mesmo, ficava agitado como um macaco de corda. Nós brigávamos, mas teria sido melhor se tivéssemos ficado calados, para que a fissura entre nós permanecesse pequena. Mas quando ficávamos calados teria sido melhor dizer alguma coisa, mesmo grosseira, porque podemos nos perdoar mais facilmente por uma boa briga do que por mágoas caladas. Deve ter sido no começo de setembro, nós dois tínhamos tirado férias. Não tínhamos dinheiro para ir para o mar Negro ou os Cárpatos. Então quisemos aproveitar ao menos uma noite e no fim de semana fomos ao restaurante. Meu marido queria ir ao Palace, na avenida, onde a banda da família do sapateiro toca a melhor música da cidade. Eu achei caro demais. Então sobrava o Central, onde se pode comer e dançar por duzentos *lei*. Como nós, certamente outras pessoas contavam seus tostões, pois o restaurante estava cheio. A carne estava meio azeda, a salada de repolho cheirava a inseticida. Como vinho branco pode ser batizado com água porque é e continua transparente, só havia vinho batizado. A maior parte das pessoas gostava da comida, limpava os pratos com pão para não deixar nada voltar para a cozinha. Mastigavam feito coelhos para poderem dançar em seguida. E lá estava eu, remexendo no prato. Meu marido comeu mais depressa, mas não muito, se comparado com os outros. Gostei de ver que a orquestra era ruim, eu não queria dançar. Mas meu marido nem se incomodou, porque ele curte qualquer música. Eu olhava a pista, os casais se sentiam como ele. Já que ali todos contavam seu dinheirinho, a noite tinha de valer a pena, eles estavam animados. Os homens cacarejavam, as mulheres ronronavam um brrrrrrrrrrrrrr brrrrrrrrrrrrrr profundo ou um iuhú, iuhú estridente. Quando acabava um *pot-pourri*, riam com olhos revirados e cambaleavam como pássaros pesados tentando pousar. Meu marido comera, limpara a boca com o guardanapo. O nariz dele bamboleava e ondulava através do copo de vinho. Ele balançava as pernas, mas por cima da mesa continuava imóvel, enquanto o assoalho tremia sob a mesa. Eu disse:

Quem sabe estejamos estamos viajando afinal, o assoalho treme como num vagão-restaurante. Vocês dançariam até ao som de portas guinchando ou grilos cricrilando. Não, eu não devia dizer "vocês" incluindo meu marido, pois havia bastante tempo ele só conseguia assistir e sofrer. Ele empurrou o copo de vinho para o centro a mesa, fitou-me com os olhos alongados e hirtos, com cantos duros como fechaduras. Pôs a boca em bico, assobiou e bateu o ritmo na mesa com as duas mãos. Eu disse:

Agora está pior do que no vagão-restaurante, você está com sintomas de abstinência. Logo ele precisaria de mim para dançar. Logo, era agora. O modo como ele alisava a boca em bico, sorria brevemente, logo continuava a assobiar. Aquela opressão cortante e cortês. Aquele autocontrole, nada de brigas, para que eu me comportasse. O garçom limpou a mesa, só ficaram os dois copos. Translúcidos e trêmulos como se não estivessem de verdade na mesa vazia, estávamos sentados diante deles prontos para saltar — eu louca por uma briga, ele à espreita para dançar. Ele venceu porque se controlou e superou todos os momentos que poderiam provocar uma discussão, de qualquer jeito acabei achando tudo bobo demais. Por que afinal gastáramos um dinheiro que no dia seguinte ia fazer falta. Mas pelo menos ele podia gastar as calorias da comida ruim dançando. Puxei-o pela mão para a pista de dança. Abrimos caminho entre os casais, dançando, até diante da orquestra. Ele me fazia girar, as teclas do acordeom borradas como uma persiana.

Você está pesada, meu braço vai adormecer, ele disse.

Não posso me fazer mais leve do que sou.

Mesmo as mulheres mais gordas ficam leves quando dançam, você não dança, você se pendura.

Ele apontou a mulher mais gorda do restaurante, uma matrona que chamara minha atenção ao comer. Eu não tinha visto muito de seu vestido branco com figuras pretas de xadrez quando estávamos à mesa, apenas vi que ela precisava empurrar o prato até o centro da mesa para enxergar seu conteúdo por cima dos seios. E então a faca e o garfo no final de seus braços curtos e gordos mal chegavam até a comida.

O vestido dela ondeia porque tem pregas fundas, não por ela ser leve. E de vestidos eu entendo um pouco, eu disse.

Mas de mulheres não, ele disse.

As peças de xadrez voavam nas pregas brancas. Neve e pêlos de cardo, o cavalo branco de meu sogro, a torta de casamento cujo glacê arranhava meu nariz quando eu comia. Minha cabeça pesava. Mesmo que eu tivesse de dançar, não tinha direito de acusar meu marido porque o comunista perfumado era seu pai. Controlei-me, mas já estava fazendo o que não queria fazer. A outras pessoas pode-se proibir muita coisa, especialmente aos mais próximos da gente, mas a si mesma não. Enquanto meu cérebro me atormentava com coisas passadas, dançávamos na frente das teclas borradas do acordeão, meu marido se divertia com a proximidade da matrona. Ele tocou o braço do homem que conduzia as peças de xadrez e cacarejava bem alto: Sua parceira dança muito bem.

Claro, e eu a conduzo bem, disse ele.

Então o parceiro da matrona cacarejou de novo, a matrona arrulhou, e meu marido cacarejou também.

Se você cacarejar assim mais uma vez, eu disse, saio correndo o mais depressa que puder.

E ele cacarejou de novo, e eu não mexi os pés, e a matrona arrulhou brrrr, e eu fiquei ali.

Os casais estavam sempre trocando de par. Faziam isso sem palavras. Ou seguiam leis íntimas entre homem e mulher, ou o acaso. Não havia combinações. Perdi o ritmo.

Você é tão pequena e fica tão pesada quando dança, disse meu marido.

Por que você não agarra aquele tanque, aí você terá algo para fazer, eu disse.

* * *

A velha de cabeça trêmula mete o dedo no meu braço: Escute, você não tem uma aspirina. Não. Mas o condutor tem água, não tem, ou eu enxerguei mal — não, ele tem uma garrafa. Ele tem uma garrafa, eu digo. Os olhos dela já foram maiores. Como acontece tantas vezes com pessoas velhas, os olhos dela vão se fechando a partir das têmporas com uma pele bem fina, como clara de ovo crua. Os brincos dela balançam com a cabeça, duas pedras verdes ovais. De tanto serem forçados, os furos dos lóbulos abriram-se para baixo, quase rasgados. Eu podia lhe sugerir pasta de dentes e uma escova. Quem sabe o condutor tem aspirina, eu disse. O cara da pasta bota a mão no bolso: Acho que ainda tenho uma. Crepitar de uma tira de celofane amarrotada, que ele alisa: Está vazia, agora lembrei, esta manhã tomei a última. Há uma farmácia no mercado, diz o rapaz que está junto à porta. A velha vira a cabeça, eu preciso da aspirina agora, não quando chegarmos ao mercado. Ela vai de um assento a outro, segurando-se nos encostos com as duas mãos, até chegar ao meio do carro. O condutor a olha pelo retrovisor: Senta aí, vovó, ou vai acabar caindo. A senhora devia ter tomado o bonde no outro sentido, seria mais rápido. A velha cambaleia até junto dele. Como assim, eu perguntei e você disse que este bonde era o certo. Pelo menos você tem aspirina.

Quando a gente não está apaixonada, dançar é mais incômodo do que o aperto no bonde, eu dissera ao meu sogro. E quando a gente está apaixonada, tem coisa melhor a fazer, pode-se esticar as pernas de outro jeito e sentir a mesma vertigem.

O que você quer dizer, algo melhor a fazer, ele disse. Dançar não é trabalho, é divertimento, quando não é um talento inato, uma inclinação. E faz parte de sua cultura. Nos Cárpatos há danças diferentes das que há no campo, e as do mar são diferentes das do Danúbio, e nas cidades se dança de um jeito diferente de como se dança no campo. A gente aprende a dançar quando é pequeno, com os pais e os parentes. Nisso sua família foi negligente; se não aprendeu, você perdeu algo importante.

Não, eu disse, minha família era mais melancólica do que negligente; depois do campo de concentração, ninguém era muito alegre na minha casa.

Muitas águas já se passaram depois disso, ele disse, isso foi antes de você nascer. Muitas pessoas não têm sorte na vida e só falam nisso. Um dia tiveram azar e botam a culpa de todo o resto nesse fato. Ora, por favor, você é moça para perceber isso, mas eu tenho idade bastante. Acredite, sem campo de concentração eles também não seriam felizes.

Era Ano-Novo, e a bandalha, como meu sogro chamava a família toda, festejava na sala da casa de meus sogros. Nunca entenderei direito o que significa bandalha. Para mim parecia matilha, pois a família era tão grande e todos à sua maneira eram bem levianos. E embora nenhum pudesse suportar o outro, estavam sempre se encontrando. Já meu sogro era no mínimo duas pessoas. Com uma mão batia, com a outra acariciava.

David, Olga, Valentim, Maria, George e mais alguns outros estavam ali. Nem sei mais que nomes pertenciam a quais deles. Todos tinham tirado os sapatos, contei dez pares ao lado da porta. O irmão mais moço e o mais velho de meu sogro tinham vindo, com suas mulheres, uma gorda e uma seca de magra. O irmão do meio ficara em casa, doente, de cama, mas sua mulher estava ali com seu irmão, e a filha mais velha dele ou dela, e um genro. O genro estava bêbado feito um gambá. Mal entregara o sobretudo ao meu sogro, e teve de vomitar no banheiro, ainda de chapéu e cachecol. Naquela noite consegui guardar dois nomes: Anastácia e Martim. Anastácia, como minha avó morta, era prima de meu sogro. Tinha uns cinqüenta anos, diziam que ainda era virgem, e fazia trinta anos que era guarda-livros da fábrica de biscoitos. E Martim era o jardineiro viúvo, colega de meu sogro. Martim devia conquistar Anastácia naquele Ano-Novo.

Meu sogro disse: Ela é meio fria, mas chega uma hora em que todas elas desabotoam a blusa.

Sete, oito vezes ao ano, quando vinha a parentela, meu sogro virava o retrato pendurado na sala de estar, para mostrar toda a bandalha: seus pais com os seis filhos. Mãe e pai na boléia, cada um com uma menininha no colo. Os meninos, de dois em dois no lombo dos dois cavalos castanhos. Em todos os outros dias, o que havia na sala era um cavalo branco com um jovem de chibata curta e botas de montar lustrosas. Era meu sogro, e não era, pois naquele tempo seu nome era diferente.

Dancei com meu marido, pedi que não me fizesse girar, e ficamos rebolando de um lado para outro. Quando seu pai estava junto, ele mantinha a compostura. Dancei com o genro, que depois de vomitar estava menos bêbado do que ao chegar. Os pés dele se atrapalhavam, ele perdeu uma das meias no foxtrote. Martim a pegou e a pendurou num braço do lustre. Depois dancei com o sogro ou tio dele, então com os irmãos de meu sogro, depois com Martim. Os velhos seguravam firme, dançavam sem falar, eu tinha de me deixar levar muda. Quando meu sogro estava parado à minha frente, braços abertos e gravata frouxa, eu disse:

Sente-se comigo na mesa, também podemos conversar.

Que nada, ele disse, dançar rejuvenesce.

Pouco antes ele tomara banho, estava perfumado. Da pequena travessa no canto da mesa ele pegou uma das cerejas no licor que têm gosto de compota e deixam a gente bêbada. Eu já comera muitas, e meu cérebro estava embaçado. Meu sogro meteu a cereja na boca e chupou o caldo vermelho do indicador. Acenou com a outra mão até eu me levantar. Ele chupou a cereja e apertou a mão na minha espinha dorsal até eu sentir o que ele tinha dentro da calça. Não fiquei curiosa, como também não fiquei um ano depois, quando o filho dele foi convocado para o exército. Eu estava arrumando toalhas de mão no armário, e ele se ajoelhou atrás de mim e beijou minhas panturrilhas.

Vem, você vai ver, vou te ajudar a suportar a ausência dele.

Fechei as pernas, fechei o armário e disse:

Eu não suporto você.

Ele teria podido perguntar por quê, e eu teria lhe dito tudo. Mas ele disse:

Ora, veja só, a gente quebrando a cabeça para achar um jeito de ajudar os filhos, e é isso que recebe em troca.

Ele queria substituir o filho. Naquela outra vez, quando me ofereci ao meu pai para substituir a moça das tranças, era algo urgente, e necessário, e teria sido bem possível. Dessa vez não. Meu marido e minha sogra jamais descobriram, nem aquilo que eu sabia sobre o cavalo branco, o comunista perfumado, e a mudança de nome dele. Ele já se substituíra a si próprio uma vez, era treinado nisso. Era mais fácil o inferno congelar do que eu esquecer aquilo. Mas não fiz nenhum tumulto, calei a boca também aquela vez para que toda a bandalha não sofresse.

Pelas três da manhã, as primeiras horas do Ano-Novo já haviam amassado nossos rostos como se tivéssemos passado um ano inteiro trancados ali. A ânsia de agarrar a carne da parentela se transformou em bocejos de tédio. Os casais que, confiando um no outro, tinham deixado de se vigiar naquela noite, voltaram a se reunir. Minha sogra brigou com o marido porque a garrafa de cristal estava quebrada.

A filha mais velha brigou com o o marido bêbado porque ele fizera dois furos na calça com o cigarro. Meu marido me censurou porque na hora do brinde eu brindara primeiro com Martim, e só depois com ele, e eu nem ao menos percebera isso. A esposa seca choramingava que seu marido tinha perdido uma das abotoaduras de ouro. Ele nos mostrou, a todos, a que sobrara na manga direita, e fomos procurar no banheiro, no quarto e no corredor, encontrando velhos botões de calças, moedas, fitas de cabelo, tampas de perfume, e colocamos tudo lado a lado na toalha da mesa. O irmão mais moço brigou com sua mulher gorda porque ela perdera a chave do carro. Ela despejou na mesa o conteúdo da bolsa. Caíram um lenço, duas aspirinas, e um minúsculo santo Antônio de ferro enferrujado. Este vai nos ajudar, ela disse, e o beijou.

Pois coma-o, disse lhe o marido, assim quem sabe você faz um milagre e abre a porta do carro com o dedo.

Martim apoiou o queixo na mesa e contemplou ainda uma vez a fileira de pernas femininas. Ninguém lhe dava atenção, àquela hora ele nem pertencia mais à família. A luz era ofuscante, na pele de seu crânio rebrilhou meio centímetro de cabelo prateado, fio a fio. O cabelo dele era pintado de castanho.

Ninguém encontrara a abotoadura, todos pararam de procurar e vestiam casacos e sapatos no vestíbulo. Anastácia saiu do banheiro com uma pinça enferrujada. Suas mãos gotejavam, os cabelos estavam molhados na fronte, uma gota de água pendia de seu queixo.

Por que é que você bebe da mão, perguntou minha sogra, há copos bastantes por aí.

Anastácia começou a chorar:

Eu tenho de lhes dizer isso de uma vez, esta noite o viúvo me atormentou no banheiro, foi muito rude, isso é completamente inaceitável.

A pinça ficou ao lado dos outros objetos achados, sobre a mesa, parecidíssima com o pequeno santo Antônio, mas ninguém a beijou. Anastácia enfiou o casaco e abriu a porta num arranco.

Espere, disse meu sogro, os outros vão sair logo.

Não preciso de companhia, ela disse.

O irmão da abotoadura perdida apontou para os pés dela: Você não vai sair de meias.

Anastácia encontrou a chave do carro no seu sapato.

Afinal santo Antônio deu sorte, disse meu sogro a sua cunhada seca.

Apesar disso, ninguém acredita, disse ela.

Então ele abraçou Anastácia:

Martim tentou a sorte, não leve tão a sério, bem que poderia ter acontecido alguma coisa.

Martim já sumira, ninguém sabia como nem quando. Esquecera seu cachecol pendurado no vestíbulo.

Depois que todos tinham saído, meu sogro voltou a virar o retrato. Minha sogra tirou a meia do lustre, abriu janelas e portas para a rua e o pátio. Entrou o sopro de uma noite fria e nervosa. No vento encanado, o lustre começou a balançar, a gravata de meu sogro esvoaçou e o cabelo de seu filho também. O cavalo branco na parede deu um passo em minha direção, no dia primeiro de janeiro vinha apanhar aquela gente esgotada de tantas comemorações. Recuei para o vestíbulo. Meu sogro bocejou e tirou a gravata por sobre a cabeça. A mulher dele juntava na mão migalhas de pão e bolo e sementes de cereja do tapete.

Antes de irmos dormir é preciso levar a louça para a cozinha, ela disse.

Eu nem pensei em ajudar. O marido largou a gravata na mesa, ficou remexendo no laço até ela ficar ali num círculo preciso como na vitrine de uma loja.

Eu dei um rápido boa-noite.

O que a gente sonhar esta noite vai-se tornar real, ele disse.

Aquele ano-novo começou com as conversas da bandalha sobre a abotoadura perdida. Aqui em casa não está, só se caiu no vaso, isso acontece. Eu sabia da verdade e dissera ao meu marido que a abotoadura de ouro estava na caixa de jóia dos seus pais, sobre a mesinha-de-cabeceira.

Por que você andou bisbilhotando, ele disse.

Porque uma abotoadura não sai caminhando, eu disse. Quando espiei de novo na caixa de jóias, ela sumira. Na Páscoa, meu sogro exibia um alfinete de gravata de ouro.

Ganhei da minha querida esposa.

Ela sabia que ele não a queria tanto assim. No viveiro mantinha uma amante da minha idade, que se ocupava combatendo os pulgões e ácaros. Porque ninguém conseguia pronunciar sem rir todo o seu título, Camarada Engenheira Especialista em Combate a Parasitas nas Plantas Cultivadas, chamavam-na Camarada Inspetora de Pulgas. Minha sogra se alegrava todos os domingos porque o marido não podia ir ao viveiro. Mas na Páscoa seu rosto estava murcho como massa folhada, ela não se cansava de o contemplar, tão ocupado com seu alfinete de gravata que no domingo não levou secretamente o telefone até o banheiro para telefonar para a amante. Minha sogra inspirou fundo e disse:

Levei meu anel velho ao ourives, estava pequeno demais.

Minha garganta se fechou. Meu marido me fitou com olhar comprido e hirto, como sempre que queria me forçar a ficar quieta. Então eu disse no seu ouvido:

Sua mãe está mentindo, a abotoadura não foi suficiente para o alfinete de gravata de seu pai, o anel dela também se foi.

Uma mosca gorda zumbe em círculos verticais ao redor da cabeça do condutor. Pousa no seu braço, ele dá um tapa. Pousa no pescoço, ele dá outro tapa. Ela escapa e pousa na moldura da janela. Ele a quer enxotar para a rua, pela vidraça aberta. Ela se vai, zumbindo. Mas não escutamos seu zumbido porque os trilhos fazem mais barulho. O que foi, pergunta a velha, você parece desesperado. Uma mosca, diz o condutor. Ah, sem óculos não enxergo coisas tão pequenas. Logo ela vai pousar em você, disse ele. Por que você não a matou, pergunta ela. Ele não conseguiu, diz o homem da pasta, ele tem de conduzir o bonde, não matar moscas. Seria o máximo, sair dos trilhos por causa de uma mosca. A mim ela não ataca, riu a velha, eu tremo demais. Isso é bom, disse o condutor, assim você se livra das moscas. Não, ela disse, não é nada bom. Você vai ver, quando ficar velho. De qualquer jeito os mosquitos vêm, e as pulgas. Eu tenho sangue tipo A, o melhor para as pulgas, me disse o médico. E a senhorita, pergunta a velha, fecha a boca torta e espera. O, eu digo. O, isso é sangue de cigano, diz a velha. Os tipo O podem dar sangue para todo mundo, mas só recebem dos O. O condutor dá um tapa na própria têmpora. Sua puta carniceira, ele grita, procure outro, eu ainda não morri nem sou um monte de merda. Ele enxota a mosca na nossa direção. Nós também ainda não morremos. Eu sou a mais moça aqui, seria a última a morrer. Também sou tipo O, diz o condutor. A mosca zumbe contra a vidraça como fagulhas diante dos olhos. Sua barriga brilha tão verde e grande como as pedras trêmulas nas orelhas da velha.

Eu gostava de ir até a oficina do velho sapateiro, porque ele era conversador.

A música é minha vida, ele dizia, mas aqui também se precisa dela para não escutar os ratos. Em casa também ouço música, até pegar no sono. Antigamente a minha Vera cantava junto, o dia inteiro. À noite, às vezes estava tão rouca que tinha de beber chá quente com mel.

Todo verão a mulher dele plantava dálias ao longo da cerca de arame, onde de manhã batia o sol.

A minha Vera tinha uma mão abençoada, ele disse, tudo que ela metia na terra dava flor. Mas no seu último verão em casa as dálias dela produziram folhas estranhas de zínias, flox, zimbro e lírios vermelhos. E assim foi também com as flores, uma confusão daquelas. As dálias eram um milagre, mas enganoso. As pessoas paravam na cerca. Antes de murcharem minha filha tirou todas as dálias, para que o vento não espalhasse sementes erradas. Vera sempre foi uma pessoa quieta, mas desde que as dálias floriram quase nem falou mais. Como estava fisicamente saudável, e não era mais útil para nada dentro de casa, minha filha a mandava todos os dias fazer as compras. Quando Vera voltava do armazém, trazia feijão em lugar de batatas, vinagre em vez de água mineral, fósforos em vez de papel higiênico. Como isso não melhorava, minha filha lhe dava um bilhete com a lista das compras. Minha Vera, esquecida como andava, mostrava a lista no armazém, mas voltava de novo com cadarços em lugar de pasta de dentes, pregos em vez de cigarros. Então minha filha foi direto ao armazém. O vendedor e a caixa se lembravam da senhora com a lista. Não, disseram, não comprou nem cadarços nem pregos, mas pasta de dentes e cigarros, como estava na lista. Nós nem temos cadarços, foram encomendados há semanas, mas ainda não chegaram. E nosso armazém não vende pregos. A partir daí, Vera só era mandada para passear por uma hora a cada manhã. Muitas vezes voltava com outra bolsa. Geralmente havia identidade dentro. Assim minha filha conseguia devolver a bolsa da outra pessoa e trazer de volta a de sua mãe. Quando não conseguiu mais achar a bolsa de Vera, e começaram a aparecer cada vez mais bolsas estranhas em casa, Vera só pôde sair de casa de mãos abanando. Quando voltava, estava com chapéu em lugar do lenço. No inverno não a deixávamos sair por causa do frio. E na primavera seguinte ela ainda foi três vezes até a rua, de vestido, voltando toda ofegante, com saia e blusa. Depois disso concordei em mandar Vera para um hospício. Nem havia loja de roupas na região, disse o velho sapateiro, tudo isso nada tem a ver com roubo, e uma coisa é certa, Vera jamais roubaria. Também os vizinhos disseram que na rua Vera sempre dera uma impressão bem normal, quase discreta demais. Mas quando a saudavam, ela não respondia. Caminhando, dizia apenas:

Preciso andar depressa, meu arroz está no fogo.

O velho sapateiro botou polegar e indicador no canto da boca. Hoje isso não tem mais importância, é uma coisa secundária como tantas na vida.

Quanto a mim, falei ao velho sapateiro de minha avó morta, e que meu avô, depois da morte de meu pai, dissera que a vida era um peido num cesto, nem vale a pena calçar os sapatos.

Pois ele tinha razão, disse o sapateiro, deve ser meio filósofo, um cara burro não diz uma coisa dessas.

Então apontou para a parede de madeira onde havia sapatos pendurados em cada prego:

Mas olhe aí, quando se trata de sapatos eu penso diferente, ou não teria nem pão para comer.

Tensa debaixo dos lábios, a pele do sapateiro, amarelada como cera de couro, se transformava em membrana entre polegar e indicador.

Pelo menos a minha Vera ficou assim por conta própria. No hospício havia com ela duas moças que a polícia fizera enlouquecer, e nem tinham feito nada. Uma roubara cera de vela da fábrica, a outra um saco de espigas de milho do campo. Ora, me diga, o que importa isso.

Eu não tenho nem borracha nem couro para meias-solas, disse o sapateiro moço. Enfiou as mãos nas sandálias de Paul como se fossem luvas, virou-as com as solas para cima e fitou a amora esmagada. Seus dentes salientes se abriam e se fechavam, eu pensava em outras coisas. O menino dos vermes da poeira estava morto porque eu não tivera paciência para brincar. Meu pai, porque não queria mais ter de se esconder de mim. Meu avô, porque eu mentira sobre sua morte. E Lili, porque eu dissera que a barriga de seu soldado parecia um sol se pondo. O velho sapateiro, porque eu tinha dançado de tédio da vida. O boca-torta voltou a embrulhar as sandálias em jornal.

Apareça aqui em dez dias, e vamos ver. Eu já tinha visto o bastante, cumprimentei com a cabeça e saí.

Na Ladenstrasse soprava o vento, as tílias deixavam cair trouxinhas verdes de favas. Em cada fava, uma asinha de couro — que nada tinha a ver com os galhos, com aqueles recortes em forma de coração. Em cima no céu, no entardecer de verão, um divã de nuvens brancas. Da porta da farmácia saiu uma mulher com um frasquinho na mão. O líquido, o pedaço de algodão e o polegar da mulher eram de um azul índigo. Perguntei as horas. A mulher disse:

Mais ou menos oito e meia.

Não em dez dias, como pensava o jovem sapateiro, mas naquele mesmo dia, entre sete e oito e meia, eu queria fazer algo por Paul. Não consegui. A farmacêutica, de costas para a rua, sentava-se descalça na vitrine ao lado de um monte de caixinhas com inscrições em chinês, nas quais não caberiam nem mesmo um botão de sobretudo. Pareciam caixinhas de preservativos e, além dos caracteres chineses, nelas estava escrito Butterfly. Lili dissera certa vez:

Os chineses são espertos, eles exportam suas borrachas impecáveis para a América, para os chineses de Chinatown, um bairro de Nova York. As furadas mandam para a Bulgária e para nós aqui.

Nas caixinhas da farmacêutica havia, em cada uma, um chumaço de algodão, e em cada chumaço um olho de vidro. Ela expôs os olhos de vidro castanho-claros, castanho-escuros, esverdeados, azul-claros e azul-escuros numa fileira sobre a madeira nua. Os olhos castanho-claros ficariam bem em Paul; eu os contei. Depois os castanho-escuros para mim. Para Paul havia mais olhos na farmácia. Atrás do vidro, no sol de um vermelho profundo, a farmacêutica começava a arrumar a segunda fileira. Estava sentada num aquário. Bati na vidraça, ela virou a cabeça, tirou o cabelo da fronte e continuou seu trabalho. Os olhos verde-acinzentados serviam nela.

O divã branco no céu, a farmacêutica no aquário, as favas de ervilhas nas tílias, as sandálias de Paul como luvas do sapateiro moço, a Maulbeerstrasse com acácias — depois da morte do velho sapateiro nada mais combinava direito. O vento não espalhara pela cidade a semente louca das dálias de Vera, mas semeara o engano entre cadarços e pasta de dentes, cigarros e pregos, lenço e chapéu. Agora recomenda-se cegueira neste anoitecer rubro na cidade, há olhos de vidro para todo mundo. Mas a tampa do caixão reboa especialmente para aqueles que querem ser felizes dançando de tédio da vida. Sim, gostaríamos de usar coroas e ficar fartos do mundo. Mas não será o contrário, o mundo fica farto de nós, e não nós dele.

Nós, nem de longe isso é todo mundo. Nem todos ficam doidos, nem todos são convocados. Lili não foi convocada, embora depois de meus primeiros bilhetes eu contasse com isso semanas a fio. Eu quis prepará-la para isso, a sensação de que no primeiro interrogatório o céu da boca da gente sobe até o cérebro, adocicado. Também no segundo e em todos, mas aí a gente não se assusta mais. Lili não tinha medo.

Eu nem vi os seus bilhetes.

Como se isso fosse motivo para não ser convocada. Como se aqueles que não sabem de nada, exceto como o coração salta de medo, não fossem as vítimas mais fáceis. Com o céu da boca grudado no cérebro a gente assina bem depressa. Provavelmente Nelu e as meninas do setor de empacotamento foram interrogados a meu respeito. Nelu me odiava e as meninas mal me conheciam, para elas eu era indiferente. Elas para mim também, mas eu não antecipava nada de bom quando paravam de falar mal uma porta se abria no corredor.

Lili tinha razão, ela nunca foi convocada. Sorte, ainda que ela pudesse ter-me protegido. Não pôde proteger a si mesma. A única coisa que Lili me perguntou sobre os interrogatórios foi:

Mas que idade tem o seu major.

Essa é boa, meu major, eu disse, e menti que ele era uns dez anos mais moço do que realmente era.

Tem uns quarenta.

Santa Mãe, disse Lili, agora que ele não entrava mais em conta para ela. Eu sabia com certeza que já na primeira vez os dedos de Albu teriam agarrado a carne de Lili. Ela teria concedido ou rejeitado, e pelas duas coisas ele teria se vingado cruelmente mais tarde. Alguns dia depois dessa conversa, Lili disse que os pais dela tinham brigado. Sua mãe não queria deixar o padrasto sair de casa. O motivo fora um encontro, mas não com uma mulher. Falavam da banca de jornais no parque, onde o padrasto dela devia aparecer pelas cinco da tarde. A mãe de Lili disse:

Hoje você fica em casa, eu ligo para a Central e digo que você está doente. Para que afinal crescem crianças por toda parte, você tem de ser firme, eles que procurem gente mais moça.

E postou-se na frente dele. O padrasto enfiou a carteira no bolso e empurrou a mulher:

De onde você tirou essa idéia, eu ser firme, ora você não sabe de nada. Em casa você se faz de importante, ele gritou, mas no mercado mete depressa o melão na minha mão, e libera a pata direita para que aquele animal de tenente possa lhe dar um beijo. E ainda por cima diz — imagine, a dama dizendo ao cara: A honra é minha. Aqui em casa é muito corajosa, mas quando aparece um cara daqueles você não consegue nem engolir de tanto medo. Vá tomar suas pílulas para o coração.

Eu pensava sobre as peças que a vida prega, e no caminho de casa, voltando do sapateiro, repassei todas as maneiras de se cansar do mundo. Primeira e melhor: Nunca ser convocado e nunca enlouquecer, como a maioria. Nunca ser convocada mas enlouquecer, como a mulher do sapateiro e a sra. Micu ao lado da entrada lá embaixo, é a segunda. Terceira: Ser convocada e enlouquecer, como as duas mulheres no hospício, que alguém fez enlouquecer. Ser convocado e jamais enlouquecer como Paul e eu, é a quarta maneira. Não muito boa, mas em nosso caso é ainda a melhor possibilidade. Na calçada havia uma ameixa esmagada, vespas matando a fome, recém-nascidas ou velhas. Se toda uma família se acomoda na ameixa, como será isso. O sol preferiu trocar a cidade pelos campos. A um primeiro olhar, o sol estava maquilado em cores berrantes para a noite, a um segundo olhar via-se que levara um tiro — vermelho como todo um canteiro de papoula, dissera o oficial de Lili. Sim, essa é a quinta possibilidade: Ser muito jovem, bela a mais não poder, nada louca, mas morta. Para morrer não é preciso chamar-se Lili.

Levei as sandálias furadas de volta para casa. O carro vermelho não estava mais sobre a calçada, e no asfalto vazio nem se notava nada, os tocos de cigarro não sabiam o que acontecia. Gatos revolviam as latas de lixo procurando comida antes que a noite revogasse todos os territórios e chegassem gatos estranhos com luz verde nos olhos, servindo-se até que os choramingos de fome e os uivos da cópula se tornassem uma coisa só. Comparado àquele anoitecer de verão, meu rosto estava frio. Do bloco residencial ao lado vinha um retinir de talheres, alguém deixara cair alguma coisa. Àquela hora as pessoas estavam comendo. Na meia-lua aparecia o rosto de uma cabra e o de um cachorro. A lua tinha de decidir o que usaria aquela noite, o tempo era curto. Do primeiro andar pingava água das floreiras. Um cata-vento girava e zumbia entre as petúnias, e quando a lua decidisse qual rosto queria mostrar elas teriam recebido a água necessária para crescer. Naquele dia eu fizera muitas coisas, e desafiando todos os erros, encontrara a melhor possibilidade para nós:

Nenhum de nós vai ficar louco.

Minha felicidade torta pulsava insolente nas têmporas, eu não era tão boba assim. Agora as lojas tinham fechado, na janela de nossa cozinha havia luz. Paul deve estar esperando com dois pares de sapatos novos e a pergunta: qual deveria calçar e qual deixar no seu armário de ferramentas. Deve calçar os mais bonitos. Talvez os seus mais bonitos sejam os mais feios para mim, nem sempre ele pensa como eu, como na foto de Lili. Tenho só um retrato dela, e, admito, eu o contemplo muitas vezes. Quando falo da beleza dela, da qual ninguém duvida, Paul franze a testa.

O que havia de tão bonito nela, você me agrada muito mais, e eu estou falando sério. O mais bonito nela é que você gostava tanto dela.

Quando escuto isso é difícil manter o rosto sério, e muitas vezes tenho de dizer:

Paul, você tem bom coração, mas péssimo gosto.

Mas naquela noite eu queria contar a Paul, enquanto ele experimentava os sapatos, sobre os olhos de vidro na vitrine, e da possibilidade de não ficarmos loucos, e sobretudo dizer-lhe que não sou muito boba.

Ao lado do bloco de apartamentos havia uma motocicleta com espelho e farol quebrados, assento rasgado, guidom e pedais tortos. A Java vermelha de Paul, e minha pele ficou toda arrepiada debaixo dos cabelos. Enquanto eu esperava o elevador, era como se não estivesse dentro da minha própria pele mas distribuída pelas caixas de correio na parede. Mas as caixas de correio continuaram ali presas quando o elevador se abriu, e quem entrou nele fui eu, a mulher mais boba de todas.

Quando Paul voltava para casa da loja, um caminhão cinzento andara atrás dele, aparecendo todo o tempo no espelho retrovisor. Paul queria deixá-lo passar e dirigiu para a beira da rua. Havia pouco movimento. Ele dirigia bem devagar, o caminhão se aproximava tanto no tráfego como se quisesse passar por baixo da Java. Então a moto saltou, e Paul voou sem moto e caiu como um galho morto cai da árvore. Quando conseguiu abrir os olhos, viu capim e ouviu vozes. Ao seu redor, sapatos, calças, saias e, bem no alto, rostos. Então Paul perguntou:

Onde está a moto. Estava caída no meio-fio.

Onde está o caminhão. Ninguém o tinha visto.

Onde estão os meus sapatos.

Nos seus pés, disse um velho de calça curta.

Os da sacola no guidom da moto, onde estão.

Mas pelo amor de Deus, disse o velho, você só por milagre ainda tem dentes na boca, e se preocupa com sapatos.

Meu anjo da guarda dirige um caminhão cinzento, disse Paul, aonde ele foi.

Caminhão nada, você tem de andar mais devagar nessa coisa.

As pernas na calça curta pareciam mármore, cheias de veiazinhas, sem nem um único pêlo. Depois que as pessoas conferiram que Paul ainda tinha dentes e até a cabeça estava boa, se dispersaram. O velho o ajudou a se levantar, depois a erguer a moto. Então entregou-lhe o seu lenço.

Pelo menos limpe o sangue do queixo.

O senhor viu o caminhão cinza, perguntou Paul.

Vi muitos.

Viu o número da placa.

O destino não tem número.

Mas o caminhão tem.

Fiquemos com o destino, ou o seu anjo da guarda se ofende, disse o velho.

Enquanto isso Paul limpara o sangue do queixo, com o lenço recém-passado a ferro.

Agora Paul estava deitado na cama no quarto escuro, e depois de me contar o acidente perguntara:

A gente devolve o lenço sujo ou guarda.

Dei de ombros. Quanto mais Paul falava do velho, menos eu pensava que ele estivera ali por acaso. Depois de desviar a conversa para o jeito certo de agir com o lenço, ele veio com outra.

Terem me roubado mais dois pares de sapatos me aborrece mais do que o acidente em si.

Olhei pela janela, a rua bem lá embaixo, quieta, vazia, e a lua que hoje escolhera ter cara de cabra. Se ela não tivesse cometido nenhum erro, a cara duraria a noite toda. E eu disse, meio virada para a janela:

Da última vez que fui convocada, Albu deu um sorrisinho satisfeito enquanto beijava minha mão: Você e seu marido vão seguidamente até o rio, e acontecem acidentes de trânsito.

A cara de cabra estava ali, o céu viajava, o quarto oscilava quando parei de olhar para fora. Talvez as pessoas afinal saibam do que falam quando me perguntam se não tenho medo de que este edifício desabe.

Paul acendera a luz:

E como é que só agora você me diz isso.

O que se pode explicar para olhos bruxuleantes.

Porque eu não acreditei. Para variar um pouco, Albu inventara um acidente. Olhos inflamados, gengiva murcha, mãos frias já tinham perdido a graça, eu pensei assim.

Noite escura lá fora e dentro claridade, de tanto falar no escuro nem tínhamos tocado as feridas de Paul na testa, no queixo, nos dedos, nos joelhos e cotovelos. O sangue seco grudava na sujeira. Peguei algodão e álcool no banheiro. Quis abraçar Paul mas não tive coragem; além disso, as feridas teriam nos estorvado por fora e não resultariam em nada por dentro. Ele passou a mão pelo cabelo e fez uma careta como se até isso já doesse.

Me deixe, ele disse.

Paul comprimiu rápida e firmemente o algodão nas feridas nos joelhos, cotovelos e dedos. Quando lacrimejou de dor, passou o braço sobre os olhos antes de não enxergar mais nada. Deixou-me limpar a testa e o queixo porque não queria olhar-se no espelho. Eu limpava diferente dele, hesitava, e ele deu uma risada torturada, até que eu tive de dizer:

Para quem você quer provar alguma coisa. Quando dói, a gente grita.

E ele gritou, mas não gritou Ai, e sim:

Olhe bem para meu rosto e veja o que andou escondendo de mim.

Pegou-me pelo pescoço e apertou como uma tenaz. E eu fiz o que ele mandou, meu olhar saltou sobre ele. A ferida no queixo, que eu limpara, brilhava rubra, eu a senti nos meus olhos como um pedaço de melancia cuspido fora. Mas então vi a mala de meu primeiro marido na ponte. Agora eu teria de dizer, deveria dizer, teria podido dizer:

Ninguém mais vai me agarrar assim, no ódio do amor, entendeu, nunca mais na minha vida. Em vez disso afastei suas mãos do meu pescoço. Quando a gente começa a recuar, acaba caindo sobre a amurada. Tomara que eu não tenha de passar por tudo outra vez. Tomara que não precise me desprezar um dia diante de Paul como meu primeiro marido se desprezava diante de mim.

A partir de amanhã andaremos de ônibus e bonde, disse Paul, os malabaristas terão um pouco mais de trabalho.

Ele foi tropeçando até a cozinha. A porta da geladeira se abriu, fechou, gorgolejos, Paul bebia da garrafa, que não fosse cachaça, mas certamente não era água. Um copo tiniu na prateleira, foi posto na mesa. Escutei-o encher-se, não era grande. Paul sorvia e eu esperava. O copo não foi mais colocado na mesa, nenhuma cadeira empurrada para alguém se sentar. Com o copo em uma das mãos feridas, Paul agora estava parado na cozinha. E se a lua chegasse lá, o rosto de cabra o contemplaria impotente, e o rosto dele devolveria o olhar, deformado pelas feridas.

Um mosquito estava pousado na moldura da porta ao meu lado, imóvel na luz como um broche. Estava indefeso e eu teria podido matá-lo com um golpe. Se apagássemos a luz, ele começaria a cantar e saciar-se. Tinha sorte, esta noite não precisaria picar, só beber sangue com sua tromba. Infelizmente ele tinha um bom faro, iria me preferir, certamente para ele o sangue de Paul cheiraria demais a cachaça.

Não confio naquele velho do lenço, gritou Paul da cozinha, ele deve estar morrendo de rir. Eu estava contente por estar vivo, não pesquei nada, não entendi quase nada do que estava acontecendo.

A cachaça ou a cara de cabra tinham feito passar o susto de Paul, mas o mosquito não fizera passar o meu. Perguntei:

Pode-se ver a lua pela janela da cozinha.

Na manhã seguinte o sol tateou a cama, duas picadas de mosquito coçaram no meu braço, mais uma na testa e outra na bochecha. Na noite anterior Paul adormecera de tanto beber, e eu de tanta exaustão, mais depressa do que o mosquito conseguira me atacar. Eu me desabituara de me perguntar antes de dormir como se devia deitar a cabeça para que ela suportasse os dias, pois eu não sabia a resposta. O que eu sabia era que quando a gente se faz essa pergunta, pode desaprender de dormir. Na primeira semana depois dos bilhetes, quando fui convocada três dias seguidos, não consegui pregar o olho à noite. Os nervos ficaram como fios de metal cintilantes. Nenhum peso mais que a carne tivesse de suportar, só pele esticada e ar dentro dos ossos. Na cidade eu tinha de me cuidar para não escapar de mim como a respiração no inverno, ou não me engolir ao bocejar. Não podia abrir tanto a boca quanto estava frio em meu interior. Comecei a me sentir carregada por algo mais leve do que eu, e a gostar disso, quanto mais embotada estava interiormente. Por outro lado, tinha medo de que essa fantasmagoria ficasse mais bonita ainda e que eu não movesse um dedo contra ela para a desfazer. No terceiro dia, quando voltava para casa de Albu, me vi caminhando pelo parque. Deitei-me na relva de cara para baixo e não senti nada. Não ligaria a mínima de estar ali morta, indiferente, e também gostava tão diabolicamente da vida. Queria chorar tudo que pudesse e em lugar de lágrimas tive aquele meu acesso de riso bobo. Ainda bem que a terra tem som abafado, pude rir até me cansar. Quando me levantei, senti vaidade como havia muito não sentia. Ajeitei meu vestido, arrumei o penteado, olhei para ver se havia talos de capim presos nos sapatos, se as mãos estavam verdes e as unhas sujas. Só então saí do parque, de um quarto verde para a calçada. Então ouvi um crepitar no meu ouvido esquerdo, um besouro entrara ali. O ruído era claro e alto, na minha cabeça reboavam pernas de pau por uma sala vazia.

Sim, o mosquito me preferira, e eu me entregara. Não devíamos nos estorvar mutuamente. Meu rosto, esse eu devia ter-lhe proibido. Na luz do dia parecia haver um eczema na testa e no queixo de Paul, como areia grossa numa peneira, quando não se sabe o que fica e o que passa.

As feridas arderam esta noite, disse Paul. Fiquei de boca seca, tive de ir várias vezes até a janela ou teria sufocado.

Esfregou os olhos. Na Ladenstrasse havia ruído de automóveis, logo garrafas retiniam. Fui até a janela: nas portas de fundos estacionara um caminhão de entregas, na calçada estava o automóvel vermelho, no mesmo lugar de ontem, só que vazio. Perguntar o que ele está fazendo aqui seria tão despropositado como perguntar o mesmo sobre árvores, nuvens ou telhados. Eu estava pronta a conceder aquele lugar ao carro vazio. Ali no apartamento os dedos dos pés de Paul estalaram no assoalho, lá embaixo na calçada uma mulher entrou em sua própria sombra. As nuvens de verão eram altas e claras, ou melhor, próximas e macias, Paul e eu ali em cima na prateleira errada, cansados demais, longe demais do chão. Na nossa queda ninguém tem desejo de deter as derrotas. Acho que nem mesmo Paul. O fracasso da felicidade transcorre sem erros e nos dobrou. A felicidade se tornara um encargo, e minha felicidade errada se tornara uma espécie de armadilha. Se quiséssemos poupar um ao outro, a coisa sairia errada. Assim como agora, quando Paul veio até mim junto da janela e eu passei a ponta dos dedos pelo seu queixo para que ele não pusesse a cabeça de fora. Ele sente a carícia como um obstáculo e debruça-se no peitoril: ele viu o carro vermelho. A ternura tem suas próprias artimanhas; se quero tecer os fios como uma teia, eu mesma fico ali grudada, minha teia forma maçarocas. Deixei a janela para Paul; para ele o carro vermelho vazio só tinha sentido para fazê-lo praguejar, por hábito. Mas então sem dizer nada ele desceu de chinelos, em silêncio, e trouxe a Java para cima no elevador. Arrastamos a moto até o apartamento. E dois dias depois, no domingo, Paul a empurrou pela Maulbeerstrasse até o mercado de pulgas.

Eu decidira ficar em casa. Não podia ir até a Maulbeerstrasse sem passar pela sepultura de Lili e procurar a do sapateiro. E isso podia levar tempo. Eu não gostava de ir até a sepultura de Lili. Ela, eu ainda teria suportado, mas não aquelas suas flores vermelhas de sepultura. Meu sogro as chamava de tradesantia. No mercado chamavam-nas vienenses, e para mim eram flores de carne. Caules vermelhos, folhas, flores, cada planta até as pontas parecendo um punhado de pedaços de carne. Lili as alimentava, e eu me postava ao pé da sepultura e enfiava os dedos na boca para meus dentes pararem de bater. Depois do acidente de Paul nenhuma sepultura no mundo me atraía. Além disso, eu queria ficar com a Java ainda que não se pudesse mais rodar com ela.

O nosso amor voltara ao ponto de partida. Nós nos conhecemos no mercado de pulgas, e a motocicleta estava conosco. Era a primeira vez desde então que Paul voltava ao mercado de pulgas, para se livrar da Java. Paul disse:

Se ficarmos com a moto estaremos aprisionados na maldade. Aprisionados ou não, eu queria deixá-la no apartamento, porque o acidente fora a maldade, não a moto. Mas também seria uma maldade se Paul e a moto, ambos machucados, parassem na poeira do mercado de pulgas esperando. Eu disse:

Não vá até lá com essas feridas na cara.

Paul não se importava muito:

Vamos ver, quem sabe a tua bola de praia volta para casa.

Mas quem voltou foi o velho com pernas de mármore. Todo arrumado em terno de domingo, chapéu de palha leve e gravata de seda. E Paul vendeu-lhe a Java e disse que o velho não era do Serviço Secreto, ou não teria pago mais que todos os outros. Não sei. Paul voltou para casa do mercado de pulgas tarde da noite, e bêbado. Tirou lingüiça da geladeira e pão da gaveta. A cada bocado que agarrava ao comer, ele perguntava:

O que é isto.

Isto é lingüiça, eu dizia.

E isto.

Tomate.

E o que é para ser isto aqui.

Pão.

E isto.

Sal e faca, o outro é um garfo.

Mastigando, Paul olhava para mim como se me procurasse.

Lingüiça, tomate, sal e pão, ele disse, mas você também está aí.

E você, onde esteve, perguntei.

Ele apontou com o cabo da faca para o próprio peito:

Na minha camisa e com você.

Enfiou no bolso da camisa um pedaço de casca de pão:

Se eu for preso logo... ou se você... A comida mastigada arrastava as palavras garganta abaixo. Depois de comer, levou a louça para a pia e o pão para a gaveta, limpou as migalhas da mesa:

Se hoje ainda chegarem visitas de surpresa, que nossa casa esteja limpa.

Alguns minutos depois ele veio até o quarto e sentou-se junto de mim na beira da cama:

Mas hoje não se come nesta casa.

Você acabou de comer.

Quando.

Faz cinco minutos.

O que foi que eu comi.

Listei tudo mais uma vez.

Ele balançou a cabeça.

Então a criatura está saciada, ele disse.

Eu balancei a cabeça.

Ainda bem que ele não disse *sua criatura*. Na verdade, era problema dele ter gasto todo o dinheiro da Java em bebida. Eu nem queria saber quanto fora. Era problema meu nunca mais poder ficar literalmente boba de felicidade ao andar de moto, o céu não voar mais por cima, e eu nunca mais poder me segurar nas costelas de Paul. Não podermos ir juntos com aquele dinheiro ao restaurante no Jagdwald, como tínhamos feito depois de nos conhecermos no mercado de pulgas. Paul tivera o acidente sem mim, sua moto se fora, e ele talvez evitasse que acabássemos num velório. Paul queria remover tudo como removia migalhas da mesa da cozinha. Assim como eu depois da separação de meu primeiro marido só queria remover tudo.

Naquela ocasião eu estava no mercado de pulgas para me livrar de coisas que me transportavam para aquele outro tempo. No caso de minha aliança, tratava-se do dinheiro, eu tinha dívidas. Paul estava parado ao meu lado vendendo as antenas que ele mesmo construíra para captar estações de tevê de Budapeste e Belgrado. As antenas não eram oficialmente permitidas mas toleradas, e apareciam em muitos telhados da cidade. Ali no mercado de pulgas, sobre o oleado azul de Paul que o vento repuxava, elas pareciam chifres. Tirei meus sapatos e com eles prendi melhor o jornal no qual estavam minhas quinquilharias. Meus pés estavam sujos e eu ainda me sentia tão infeliz como outrora com os vermes de poeira do menino adormecido entre a alameda e a fábrica de pão. Qualquer pessoa que passasse por ali poderia igualmente ter vendido suas roupas e se embrulhado em algum trapo apanhado do chão. Isso só teria chamado atenção no caso de militares e policiais, porque não havia uniformes no chão. Nem um talo de grama, nem uma árvore, multidão e calor entre gente pobre na poeira. E eu ali vendendo ouro.

Teria podido ganhar três vezes mais pelo meu xale de lã, mas pelas pulseiras e broches de plástico, um chapéu e bola de praia só conseguiria um pouco mais. Com minha saia curta e justa, a aliança tocando o chão, pendurada na cordinha presa no meu pulso, eu me sentia uma boa mistura de duas astúcias. Em parte, experiente vendedora de mercado negro, que decide mostrar a carne para tornar sua mercadoria mais atraente. E em parte, uma dessas putinhas de pó-de-arroz cor-de-rosa, que consegue esvaziar a carteira do cliente durante o sexo. Um toque de depravação combinaria bem com o lugar, teria garantido rapidamente um bom dinheiro. Eu gostava de me imaginar depravada e desejável. Dobrei um pouco a perna direita, apoiei o calcanhar no pé esquerdo, com dedos espalmados soltei mais o cabelo na testa, e lancei os olhares mais provocadores e sedutores que consegui. Mas estava convencida de que a saia curta estragava tudo por causa de minhas pernas tortas, de que faltava no meu pescoço aquele branco leitoso, e no meu olhar aquela petulância que derruba os homens. O mais sugestivo em mim era o vento poeirento. Na verdade, eu nem ao menos sabia quantos gramas pesava o anel, nem quanto custava um grama de ouro. Eu pertencia ao anel, não ele a mim. Tenham piedade desta idiota, teria sido melhor dizer isso. Mas piedade ali seria algo deslocado.

Um velho sopesou o anel na mão, examinou a marca interna com uma lupa.

É ouro, o que mais podia ser, eu disse.

Quanto quer por isso, dois mil, hein.

Não sei se vou vender.

Dois mil e cem, vamos fechar o negócio.

Falar é fácil.

Tudo bem, vou dar mais uma voltinha.

Quanto tempo.

Ora, uns quinze minutos.

Aí o anel terá sido vendido.

Então passe aqui.

Não tão depressa assim.

Mas quanto quer que eu lhe dê.

O senhor tem o dinheiro aí.

Mas por tudo que é sagrado, quer que eu traga a grana colada na testa.

Qual é sua última oferta.

Dois mil e duzentos, ora. Quer vender esse troço ou vir no colo do vovô.

Vou pensar.

O que é que uma gatinha como você faz caçando por aqui, gritou ele.

Enquanto eu fingia que o ignorava ele guardou a lupa, mas hesitava em ir embora. Teria preferido fechar um negócio a voltar de mãos vazias. Lá ficou diante de mim na poeira com camisa de listras azuis recém-passada, dificilmente um vovô em cujo colo eu poderia me sentar. Sua barriga, suas mãos e têmporas eram emprestadas do oficial de Lili. Nesse dia o sol redondo estava vestindo algodão.

Paul tinha muitos clientes, mostrava suas antenas e distribuía papeizinhos com os pontos cardinais mostrando Budapeste e Belgrado. Eu estava agachada, minha saia subira bem, em vão eu a puxava para baixo. O velho tinha razão, eu espiava Paul de baixo para cima como uma gata contempla uma pessoa. Ao lado de Paul estava a sua moto, às vezes alguém lhe dava um empurrão. Eu estremecia esperando que ela caísse e eu voltasse a ver a morte do meu pai. Paul pedia dois mil *lei* pela antena e conseguia a metade. Paul fez uma mesura diante de um casal jovem que achava o preço alto demais.

Pois ergam seus corações em direção a Bucareste, e bom divertimento.

Ele sabia negociar, falava de modo insolente mas sem ofender. Eu, porém, entreguei o meu chapéu de praia ao primeiro que passou, com um dente faltando e papada, as pulseiras foram parar em braços femininos peludos em troca de qualquer quantia. Na fábrica, o envelope com o ordenado aparecia duas vezes ao mês sobre a mesa, endereçado por mão desconhecida. Todos guardavam seu dinheiro e jogavam o envelope fora, sem conferir a quantia. O que estava ali escrito não se podia mudar, a gente ficava quieto e não protestava. Eu precisava urgentemente de dinheiro, mas não sabia como oferecer as quinquilharias de que queria me separar, nem como ser espirituosa para ganhar dinheiro.

Na cerca do terreno havia um cano de concreto rachado. Na ponta, um homem sentado despejava seu vinho tinto da jarra de lata em uma velha cúpula de vidro leitoso e a esvaziava aos goles. Na outra ponta, um homem exercia o amor, beijava os cabelos de uma criança sentada em seu colo. Entre os dois, um arame enferrujado emergia da rachadura no cano. Troquei nós três de lugar, em pensamento. O homem com a criança bebia da cúpula de vidro, isso eu também podia fazer. O cara da lata queria beijar a criança mas tinha desaprendido isso. E uma mulher como eu com a aliança presa no barbante nunca conseguira aprender. A poeira levantava o chão até o céu, um dia todo torto. O único cliente diante das duas últimas antenas era nesse momento o vento. Paul estreitou os olhos.

É a sua aliança de casamento.

Não sei se minha débil confirmação acenando a cabeça me traiu ou se ele havia muito sabia que eu era uma gatinha caçando.

Peça seis mil, ele disse, e não desça abaixo de cinco mil.

Uma mosca sentou no dedão do meu pé e me picou, eu assistia pelo canto do olho, e tive vergonha de a matar, porque imediatamente tive de dizer:

Meu casamento nem valia tanto.

Quem diz isso, você ou seu marido, perguntou Paul.

Então precisei ir ao banheiro, as duas casinholas de madeira nos fundos do terreno.

Deixe o anel aqui, disse Paul.

Que ele pensasse nisso, que se importasse comigo. Ele desfez o nó do barbante no meu pulso, eu estiquei o braço e desviei os olhos como crianças que são despidas. Não era bem assim. Pois ali onde a pele é mais fina meu pulso batia quase nas mãos dele. Elas queriam desfazer o nó, e eu queria ser agarrada. Quando fiquei desamarrada, enfiei imediatamente os sapatos. Paul tinha minha aliança no dedo mínimo e o estendeu sobre as antenas, fez balançar a ponta do barbante e numa cantilena rimava umas frases:

Um beijo
um anel
coração de mel.

Era ridículo mas ele levava a sério, era um verdadeiro saltimbanco, e as pessoas paravam para ver. Enquanto me afastava pelas longas fileiras, eu ria. Atrás da cerca no fim do terreno estava a incerta paz de uma construção esquecida. Entre torneiras, canos e concreto esfarelado enroscavam-se campânulas e toda sorte de ervas daninhas. Fazia algum tempo eu pensava em enroscamentos bem diferentes.

Quando depois dos bilhetes fui convocada pelo segundo dia, logo depois do beija-mão não pude pensar em nada senão ir ao banheiro. Albu disse:

Por favor, corredor à esquerda, penúltima porta, mas sem a bolsa.

Segui pelo corredor para a esquerda, não queria mostrar pressa nem exagerar na lentidão. Duas portas adiante um telefone tocou, e quando voltei ainda tocava, e ninguém foi atender. No pátio interno havia duas bombas, de gasolina e de diesel, e uma de água. Dois caminhões de cor cinza, um ônibus com cortinas verdes, um microônibus, um automóvel azul, outro branco. E dois vermelhos. No final do corredor, atrás da porta, alguém chorava. Na pia, um pedaço de sabão com dois fios de cabelos pretos grudados; embaixo, no cesto de lixo, um lenço ensangüentado. Meu coração estava na garganta, apressei meus passos, certamente voltei mais cedo do que seria preciso.

Ouve-se a campainha do bonde, um cachorro atravessa a rua em diagonal, um esqueleto alto e manchado com rabo encolhido, patas cobertas de barro meio seco. Sabe Deus onde ele o encontrou com esse calor. Há baba no seu focinho, a campainha não pára mais, ele estaria melhor morto, finalmente poderia esticar as patas. Há cada vez mais desses por aí, diz o rapaz na porta. O da pasta concorda: E quem for mordido mal tem tempo de se confessar, como uma criança na minha rua. Aquele estava babando como este aí. Cachorro babando, nada mais a fazer, é raiva, e fim. A velha de cabeça trêmula diz: Os cachorros vão degenerando de tanto agrotóxico nos campos. Eles adubam como loucos, mas só crescem ratos gordos, pássaros aleijados e capim. Todo o resto fica raquítico, esquecido por Deus. O que eu vou fazer, se um cachorro desses me morder, vocês moços ao menos podem correr. Há alguns anos eu era muito mais veloz e meu filho dizia: Você parece um redemoinho, calma, calma. Sair correndo é pior, diz o rapaz. É preciso ficar parado quando chega um cachorro desses, e parecer bem seguro, olhar firme nos olhos do bicho, como na hipnose. Se a gente tem olhos bons, mas não de óculos, ri a velha. Ai meu Deus, e sem meus óculos nem distingo a cabeça do rabo. Talvez um olhar severo para o rabo ajude, ri o condutor, vale a pena experimentar. Mas outro dia vi no parque um pássaro de três patas, diz a velha, posso jurar, eu não minto, e estava de óculos. Eu não podia acreditar, aí perguntei para dois jovens se era assim mesmo, e disseram que era. Como está a dor de cabeça, pergunta o da pasta. Mal, diz a velha, a gente esquece os anos, passaram, mas os olhos, pés e vesícula sentem o tempo, e tudo aparece. O condutor desabotoa sua camisa de cima a baixo. A próxima parada é o mercado, ele diz, logo estaremos lá.

Então você tem atração pelo Sul, disse Albu. Aqui na frente da ópera também temos um chafariz e pombas. Mas mocinhas como você gostam das laranjeiras, e onde elas acabam, hahahaha, onde acabam, no motel, com os ladrões de banco de grossas correntes de ouro e saltos altos, os cafetões com rostos bexiguentos, dentes compridos e — ele segurou na frente da cara um lápis todo roído — paus desse tamaninho.

Se Albu tiver um, o toco de lápis deve ser a medida.

Que mal eu faço ao país se for para outro, perguntei.

O major sacudiu o toco entre polegar e indicador e disse baixinho, como se falasse consigo mesmo, algo que eu não devia escutar: Quem não ama a sua pátria não entende isso. E quem não consegue pensar direito tem de sentir.

Lili valorizava muito as mãos de seus homens. Não teria contemplado o balanço daquela mão estreita sem puxar os dedos de Albu. Não importa o que teria acontecido aqui no escritório, Lili não teria esquecido que homem algum lhe resistia, e o teria convocado para se encontrarem na cidade e já o teria possuído. Um assoalho, um banco, um pouquinho de capim para se deitar, quando o coração se rasga de tanta urgência. Albu teria se despido de todos os títulos e jogado fora o juízo apenas por uma chance de espreitar a bela carne de Lili. Voltando para sua grande mesa e novamente um major, ele teria evitado estranhos por medo, e o medo o teria levado a se pentear pensando em boas desculpas para dar ao seu chefe. Teria de mentir sentindo um medo terrível, como eu. Ele mereceria isso. E é claro que eu não entenderia Lili quando, com aquele par de olhos azuis que escureciam ainda mais por homens mais velhos, ela me contasse o que acontecera. Ela teria descascado um pouco esse mistério, mas teria se calado sobre o fundamental, com aquela flor de tabaco lisa no rosto. Nós nos teríamos magoado, eu a ela e ela a mim. Mas, para quem nos visse de fora, teríamos simplesmente nos sentado confortavelmente no café. Ou saído para passear.

Assim não vamos terminar nunca, disse Albu.

Para esclarecer a situação eu devia anotar os nomes de todos os italianos que conhecia. A situação me dava vontade de vomitar, o tempo corria para a noite, eu não conhecia nenhum italiano e não adiantava nada dizer isso. Ele ficou furioso:

Você está mentindo.

Logo ele que afirmava saber de tudo. Certamente um cara como ele sabia que eu não estava mentindo. Então ele me forçava a permanecer ali naquela situação até seu horário de serviço acabar. Esticou as pernas, afrouxou a gravata, jogou a cabeça para trás. Penteou-se, nervoso, conferiu se havia cabelos no pente, enfiou-o no bolso de trás da calça. Bateu na mesa e plantou-se diante de mim. Empurrou a folha vazia contra meu nariz, puxou-me da cadeira pela orelha, aquilo ardia como fogo. Depois pegou meu cabelo nas têmporas, enrolou-o no indicador e assim me puxou pelo escritório como uma trouxa até a janela e de volta para a cadeira. E quando eu estava novamente sentada diante da folha de papel, escrevi:

Marcello.

Mordi os lábios, além do Mastroiani e de Mussolini não me ocorria nem um outro, e esses ele também conhecia.

O sobrenome não conheço.

E de onde conhece esse Marcello.

Da praia.

Praia onde.

De Constança.

O que é que você estava procurando lá.

O porto.

Aquele porto imundo. E ele.

Ele era de um navio.

Como se chamava o navio.

Não vi o navio dele.

Não viu o navio, disse ele, mas viu o uniforme dele.

Ele usava roupas de verão normais.

Mas era marinheiro, isso você cheirou.

Ele disse.

Albu sabia que eu estava mentindo e me forçava a isso, e eu acreditava em minhas mentiras por pura desolação. Então ele botou na gaveta o lápis roído, olhou ali dentro antes de fechar e disse:

Vá para casa e pense. Até amanhã às dez em ponto, mas em ponto. Ainda temos os bilhetes para a França e a Suécia. Você certamente tinha cúmplices nesses casos, e vamos ter um caso bem gordo. Dez em ponto.

Bilhetes para a França, era a primeira vez que eu ouvia falar nisso. Nelu mentiu para ele ou até escreveu mais um conjunto de bilhetes, ou foi uma moça do setor de empacotamento. Albu os guarda na sua gaveta; será que vai mostrá-los amanhã. Ou ele me disse antes de eu ir alguma coisa inventada, para que até amanhã eu fique meio doida. Minha língua ficou fria, será que isso não tem mais fim.

Quando voltei para a rua o sol já se pusera, rubro, tudo estava pronto para a noite, cada sombra na cidade se deitara. Eu levava na cabeça aquele torvelinho, por cima a pele do crânio frouxa, e por cima do cabelo estava o vento. O vento é feito para voar, as lâmpadas para iluminar, os automóveis para rodar, as árvores para ficarem de pé. Há um sentido nisso ou apenas uma atividade. Minha língua passou pelo meu cérebro, adocicada, vi um quiosque e imaginei que estava ou devia estar com fome. Pedi um pedaço de bolo de papoula, e na bolsa procurei a carteira. Então minha mão topou com um papel duro que não me pertencia. Andei alguns metros até um banco, larguei o bolo no meu colo e tirei o papel da bolsa. Um bombom de papel, amarelo-acinzentado, pontas bem torcidas, dentro alguma coisa dura, frouxamente embrulhada. Abri o pacotinho e forcei os olhos. O que vi não era cigarro nem galhinho nem salsa nem dedo de pássaro, era um dedo humano com unha negro-azulada. Rapidamente enfiei-o de volta na bolsa. Nos fundos do quiosque, raios de luz esgueiravam-se pelas fendas nas tábuas, segurei o pedaço de bolo diante da boca como se alimentasse uma enferma. O quiosque escorregava em minha direção, os raios de luz o puxavam para a frente. Mastiguei devagar, grãos de açúcar rangiam até na minha testa, eu não pensava em nada, ou de repente nada me importava mais. Eu era saudável, e quem comia o bolo era uma inválida que pensava ter de comer e comia para não morrer. Eu a persuadia de que estava gostoso, até não sobrar nada do bolo na minha mão.

Então embrulhei aquele dedo no papel, fechei de novo suas pontas, mas eu estava toda esgarçada por dentro. A Morte, com quem flertamos um pouco aqui e ali para a enxotar, avançava, procurando uma data, talvez uma que já estivesse no calendário de Albu, marcada com um círculo. O quiosque parou, o banco ficou vazio, eu andava e andava. Vi mortos magros e gordos com cabeleira e repartição nos cabelos, com coroas de cabelo e carecas, procurando minha data pela cidade. Vi camisas abertas ou abotoadas, calças curtas e compridas, sandálias e chinelos, sacolas, bolsas, redes, mãos vazias. Os transeuntes ajudavam de muitas maneiras diferentes a Morte a procurar a minha data marcada.

Aproximei-me de cinco postes de luz na rua, olhei nos cestos de lixo, dois deles estavam meio vazios. A unha daquele dedo era preta, sua pele parecia vinil frio. Por quanto tempo eu carregara o dedo na minha bolsa. E por que justo eu tinha de jogá-lo fora. O asfalto de verão fedia a piche quente, senti náuseas do bolo de papoula, do ar da noite, do junco, dos salgueiros junto ao rio. A água os lambia e gorgolejava mas não era suficientemente funda. Um par de passantes mergulhou na noite, iam para outra direção, com cabeças baixas; os sozinhos passaram a andar em pares, os pares tornaram-se quatro e se dirigiam para a outra ponte sobre a água que corria. E sobre a ponte, na amurada, onde uma vez estivera uma mala cheia de papel, aquele era o lugar melhor para o dedo. Eu não queria mas fui até lá, segurei o pacotinho sobre a água e deixei-o cair. Ele ficou fechado e bateu na água. Esta cedeu, balançou-se e não o quis engolir. O rio teria preferido uma pessoa inteira. Para mim, aquele pedacinho já era demasiado, como era o fato de eu não saber a quem pertencia. Nem se a pessoa inteira estava morta ou apenas o seu dedo.

Albu jamais menciona o dedo. Nem eu. Esse esquecimento transparente, sempre à espreita, no dia seguinte às dez em ponto.

A cada beijo em minha mão ele pisca para mim, até hoje. Desde aquele dedo não vou mais ao banheiro quando estou com Albu.

O nojo me deixa mole, só quando quero contagiar os outros com ele fico dura. Falei a uma só pessoa do bombom com papel amarelo-acinzentado, Lili. Depois de três dias com Albu, no primeiro dia que voltei à fábrica. Ninguém perguntou onde eu tinha estado. Nelu passava o tempo com olhares furtivos, fazendo café, arrumando o escritório e empilhando papel. Eu já tinha uma opinião sobre os modelos de botão que ele colocara em minha escrivaninha, num meio-círculo. Mas não podia dizer que os brancos eram bonitos como esmalte de dentes, os marrons como cascas de noz, os cinzentos como chuva na poeira.

Depois do trabalho sentei-me com Lili no café e contei tudo sem rodeios. Pulei a casca, comecei logo pelo cerne. Por isso Lili enroscou uma mecha de cabelo no indicador e afastou sua cadeira da minha. Não chamaria a atenção, pensava ela, mas se abrira uma lacuna, eu não era cega. Aqueles olhinhos maus que pousou em mim ao perguntar:

Tem certeza de que era um dedo humano.

Aquela obstinada flor de tabaco não queria ser devorada pelo nojo. Fechei a mão em punho na beira da mesa e estendi o indicador.

Então, o que é isso.

Recolha o dedo, ela disse.

Como se pode confundir isso.

Eu já vi, tire o dedo.

O que foi que você viu, um cigarro, um dedo de pássaro.

Tenho de dizer, ou basta lhe dizer que acredito.

Ah, você acredita em mim. Mas que sorte a minha você ser tão boazinha.

E porque eu também era tão boazinha e não queria mais torturar Lili, encolhi o dedo e não perguntei o que ela achava, se um gato devoraria um dedo humano nos latões de lixo. Não perguntei em quanto tempo uma unha fica preta. Nem contei a Lili como eu tinha medo dos dedais que floresciam no jardim sobre altos caules esguios. Nem que, com nojo do meu bolo de papoula, eu decidira devolver o pacotinho a Albu. E que quando o pacote estava boiando no rio, pensei que ele o pediria de volta às dez em ponto da manhã seguinte.

No inverno passado, comprei um vidrinho de pepinos em conserva na mercearia ao lado da fábrica, disse Lili, e os comi em duas vezes. Os últimos, pesquei do vidro com um garfo. E no garfo estava um pepino, depois um camundongo. Isso não é mais horrendo do que um dedo.

O camundongo correu sozinho para dentro dos pepinos, eu disse. E se alguém na fábrica de conservas o botou de propósito no vidro, não foi destinado a você. Qualquer pessoa podia ter comprado os pepinos.

Sim, mas quem comprou fui eu.

Como se quisesse defender Albu, Lili passou a mão pelos cabelos na nuca. Eles ficaram fofos e erguidos, e permanecemos caladas, os rostos voltados um para o outro mas os olhos não. Lili disse então, inesperadamente:

Amanhã preciso sem falta pagar a conta da luz.

Lili e eu tínhamos nos habituado a ficar mais tempo do que o comum caladas uma ao lado da outra. E quando uma recomeçava a conversa, dizia qualquer coisa. Quando a gente se conhece bem, camundongo depois do dedo e silêncio depois do camundongo e a conta da luz depois do silêncio significam a mesma coisa. Continuar falando sobre algo que a gente realmente nunca menciona. No rosto, testa e boca também são tão separadas quanto possível.

Nas barracas de madeira do mercado de pulgas havia duas filas de espera, e um jovem policial cuidava para que ninguém fizesse seus negócios fora, encostado na cerca. O primeiro banheiro não estava ocupado e não tinha porta, mas mesmo assim havia duas filas. E do segundo saiu um homem com a porta nas mãos. Estendeu-a a outro que havia algum tempo dava passinhos na frente do primeiro banheiro; ele entrou de costas e botou a porta na sua frente. Só então o aliviado fechou a braguilha. Os sapatos estavam respingados.

Por que não o deixam ir na frente, perguntou uma mulher de óculos escuros, ele ainda é pequeno. Um menino de calça curta e sandália levantou o vestido dela e chorou, e ela lhe bateu nas mãos:

Larga o meu vestido, pára com isso.

Deixe que ele chore, disse um homem, aí não terá de mijar tantas vezes.

Tirou uma caixa de fósforos do bolso da calça e os sacudiu na cara do menino:

Olha, eu lhe dou este presente.

O menino sacudiu a cabeça.

Como é seu nome.

Zuckerfloh,[2] disse a criança.

Você não se chama Zuckerfloh, disse o homem sacudindo a caixinha de fósforos. E disse para a mãe do menino:

Não tenha medo, são só sementes de girassol.

A mulher pegou o menino pela nuca:

Então, diga como você se chama.

O menino levantou o braço para proteger o rosto. Então era tarde demais, a água lhe escorria pelas pernas até as sandálias. Virei-me e voltei até onde estava Paul:

2. Em alemão, literalmente "piolho de açúcar". (N. da T.)

Eu não vou conseguir uma porta.

Ele estava sentado na sua moto, as duas últimas antenas tinham sido vendidas. Jogou no ar o barbante vazio.

O que é que me diz.

Paul guardava no bolso da calça o dinheiro do meu anel, lá estava seguro. E veio até mim. Havia ainda duas filas nas casinhas de madeira. A porta era um pedaço de zinco, do tamanho do tampo de uma mesa. Moscas zumbiam, os da fila brigavam, mostrando dentes dourados ou pretos, tocos de dentes ou espaços vazios. Paul avançou. Houve acordos:

Você fica com a minha porta. Depois eu fico com ela. Depois ele.

Sempre que alguém terminava suas necessidades e saía carregando a porta, o combinado ficava revogado. Muitos tinham urgência, e havia gritaria. O policial recostou-se na cerca, comia biscoitos e com os dentes de um pente de plástico vermelho limpava as unhas uma após a outra. Estava mesmo na hora.

Não gritem desse jeito, ordenou sem ao menos olhar para as pessoas.

Ora, ajude os mais fracos, disse uma mulher com rabo-de-cavalo, eu estou grávida, não posso mais ficar de pé, meus pés estão quase adormecendo.

Onde você está grávida, perguntou uma velha, encarando o policial. Você nem tem barriga, vai ver seu filho está enfiado na sua bunda.

Eu não sou juiz, disse o policial.

E a grávida:

Santo Deus, é mais fácil parir gêmeos do que conseguir essa porta.

Gêmeos são mais bonitos do que dois pés de pau, riu o oficial. Vou cuidar para que você não precise deles.

Enfiou o pente no bolso do casaco, meteu um pedaço de biscoito na boca, e plantou-se diante do banheiro ocupado.

Pronto, grávida ou não, agora a porta será dela, a moça está aí faz um século.

A grávida prometeu a porta a Paul. Quando saiu do banheiro, largou o pedaço de zinco antes de ver que mãos o agarravam. O gordo atrás de Paul gesticulou e praguejou, e agarrou a porta. Paul não tirava os olhos do banheiro, e quando a porta começou a oscilar, pegou-a para si.

Ei, no meio da meditação não, assim depressa não, disse o gordo, aqui dentro na casinha da merda a gente conversar com Deus, aí fora o diabo anda solto.

Com Deus eu não sei, disse o policial, mas talvez com um burro com a sua cara, que entrou na casinha da merda.

Paul me empurrou para dentro da casinha e postou a folha de zinco na frente. Dentro não havia telhado, o céu mandava suas varejeiras importunas sobre a gente. Duas tábuas cagadas estavam ali deitadas para receber os pés, por cima de um buraco na terra. Era fácil escorregar, procurei dois lugares secos. Na parede estava escrito em tinta vermelha:

A vida já está toda cagada,
só nos resta dar uma mijada.

Eu escutava as pessoas lá fora, Paul também gritava. Ali dentro estava-se bem abrigado. Menos do que aquilo que fede aos nossos pés, não poderemos nos tornar. Talvez falando em Deus o gordo quisesse se referir ao fato de que ali dentro a gente ficava bêbado do fedor. Inspirei fundo e não me apressei, e apesar do perigo de escorregar fechei os olhos. Só lá fora me senti um pedaço de merda humana. Andei ao lado de Paul, as filas de pessoas e quinquilharias desfaziam-se no terreno. Entre as marcas de solas de sapatos estriadas havia tocos de cigarro. A poeira voava em nossa nuca, eu devia ter agradecido pela porta do banheiro, mas minha língua não se movia na boca. Meu anel de ouro fora vendido naquela sujeira toda, seis mil *lei* eram uma fortuna para mim. O pó seguia o mesmo caminho de nossos pés e corria à frente. O vento tomou impulso, teceu grandes laços e deixou-se cair. Na cerca de arame em torno do terreno os pedaços de papel e roupas velhas se enroscavam. Paul dobrou seu tecido de oleado até ele se tornar uma pequena pasta azul, que prendeu no bagageiro da moto. Depois Paul cuspiu nos dedos, contou o dinheiro na palma da minha mão, meu cotovelo se esqueceu e cedeu a seu toque. Ele terminou de contar as notas, e eu esperei que seus dedos se desviassem do negócio para meu pulso.

Minha bola de praia e o broche ainda estavam ali sobre o jornal, ninguém se interessara por eles, eu queria ir e deixá-los ali. Paul soprou na bola de praia e jogou-a para cima. Ela voou, afastou-se de mim, do chão, arrancada daquele domingo sujo como um melão descascado. Era tão bela, agora que não me pertencia mais. E eu, eu tive vontade de me agachar depressa, rir com os olhos e chorar com a boca. Foi o primeiro momento de primeira felicidade torta com Paul. E no meio disso tudo, ele perguntou:

O que é que se faz num domingo com bolsos cheios e corações vazios.

Ele também levantou do chão o broche, poliu-o na perna da calça, um gato de vidro com bigode torcido de fio de cobre. Prendeu-o na camisa. Quando Paul começou a empurrar a moto a seu lado, o bigode do gato tremeu e ele começou a respirar.

Se você quiser, podemos ir até a velha reserva de caça, disse ele, a gente pode ficar sentado no restaurante ao ar livre.

Só se você jogar fora esse gato, eu disse, assim você parece um marginal.

Eu não acho, ele disse, mas jogou o broche na poeira atrás de si, passando bem pertinho de um homem que mal ergueu os olhos e continuou caminhando para a saída com o passo largo de quem está atrasado.

A sogra está esperando por ele com sopa de galinha, disse Paul, não precisa ter pressa, a sopa de qualquer modo já está fria.

Naquele vento cheio de pó ele vendera minha aliança, quem sabe me julgava uma putinha de bom coração com quem podia gastar todo aquele dinheiro. Eu conhecia o pequeno jardim botânico da antiga reserva de caça e sabia os nomes latinos de algumas flores, dos passeios com meu marido e os pais dele. Naquele tempo eu morava com eles, lá embaixo num quarto que dava para o pátio. Do caminho do jardim era possível ir direto ao meu quarto. No inverno, em vez de aquecer, o fogão a carvão soprava um ar denso de fumaça para o teto. Da primavera até o fim do outono, havia trilhas de formigas ao longo das paredes e janelas, nos cantos e gavetas do quarto montes de formigas, na mesa e na cama formigas isoladas e ativas. Também na cozinha. Minha sogra servia a sopa. Quando o marido empurrava seu prato para ela, ela remexia longo tempo com a concha no fundo da panela como se procurasse os legumes. Mas na verdade estava empurrando as formigas para as beiradas. Mesmo assim, sempre havia algumas no prato de seu marido. Ele as pescava com a colher e deixava na beira do prato, agindo como se tudo aquilo fosse algo inusitado.

Mas de onde vêm essas aí.

Minha sogra dizia:

Não fique nervoso, é pimenta.

Se isso for pimenta, eu sou um rouxinol.

É pimenta moída, benzinho.

E desde quando pimenta tem patinhas, ele perguntava.

Depois da separação saí da casa com duas sacolas de roupas e objetos. Desde aquele dia na ponte nunca mais peguei numa mala. Meu marido ainda trouxe a pedra dos Cárpatos até o portão, num saquinho plástico. Eu a teria esquecido, e agora ela é tão importante para as minhas nozes. Eu sentia que não tinha idade, em geral não conseguia distinguir se era livre ou solitária. Ser sozinha não era nem um peso nem um divertimento. Eu não me arrependia de nada do meu casamento de três anos, exceto de ter permanecido casada nos dois últimos. Mandei cortar meu cabelo curtinho, comprei roupas. E, para o apartamento recém-alugado, comprei roupa de cama, geladeira e dois tapetes a prestação. Queria mudar depressa enquanto o tempo novo indicava a direção. Lili jamais precisava mudar, ela não era vaidosa porque nada pode acontecer a uma fria flor de tabaco. O amor, quando acabava, não deixava rastro de dano naquele rosto. Lili tivera sua parcela de emoções desperdiçadas, mas também sabia que depois delas haveria um novo par de olhos morrendo de desejo por ela. Eu queria me modificar com as minhas mãos, mas para isso seria preciso ter nelas uma carteira de dinheiro com um monte de notas dentro. Comprei tudo num impulso, sem refletir. Comparada com hoje, eu tinha preocupações diminutas, era o período anterior aos bilhetes. Em duas, três tardes eu liquidava meu ordenado e pedia dinheiro emprestado. Não só de Nelu mas também de gente que eu mal conhecia. O dinheiro emprestado também escapava entre meus dedos e era gasto em roupas. De manhã eu chegava ao escritório e a primeira coisa que punha sobre minha mesa de trabalho era o espelhinho de mão. Eu me contemplava constantemente entre as listas de botões. Nelu me elogiava mais a cada dia, mas eu não podia cortar meus cabelos a cada dia. Para renovar a convicção de que eu estava bem, sobravam só as roupas novas. Por um dia, pelo menos, elas eram mais novas do que a minha cara. Naturalmente eu pensava em minhas dívidas, mas continuava comprando. Meus olhos eram grandes e febris, só a garganta ficava apertada. O impulso momentâneo era sempre mais forte do que minha consciência culpada.

No sol da tarde na avenida, as pessoas se viravam para ver Lili porque era bela, e para me ver porque eu estava de braço dado com ela e cantava alto:

Sim, a árvore tem folhas,
o chá tem água,
o dinheiro tem papel,
e meu coração tem uma neve falsa.

Nós nos fingíamos de bêbadas, eu cambaleava e cantava, Lili cambaleava e ria tanto que chorava. Até eu dizer:

Um vestido não traz dívidas, nem um sapato. Nem eu. O dinheiro é que traz dívidas. Em algumas pessoas ele cresce de novo como barba, mas eu estou sempre peladinha. Quando tenho dinheiro no bolso, tenho alguma coisa. E de repente não tenho mais nada, porque ele passou para o caixa da loja. E lá continua valendo a mesma coisa. Esta lá e eu o vejo. Não tenho dinheiro nenhum, só que ele está a vinte centímetros da minha bolsa, você entende uma coisa dessas.

Quando a gente fica velho o dinheiro aumenta, disse Lili, mas será que por isso você vai querer ser velha. Não se preocupe, nenhum dos que lhe emprestaram dinheiro vai perder o sono por causa de algumas notas. Afinal, você não vai fugir.

Lili confundia minha recente vaidade insaciável com independência. Eu não fugiria. Não da fábrica, mas talvez de meu juízo, aquela bonequinha de ferro em minha testa, que se parecia com o santo Antônio enferrujado no fim da noite de Ano-Novo.

Enquanto eu morava com meus sogros, quando estava no jardim era tomada de um amedrontado espanto porque as rosas da sebe que meu sogro enxertava em poucos minutos floresciam todo verão em novelinhos de veludo. Os novos caules sempre vingavam.

Enxertar rosas me parecia uma cirurgia plástica facial feita nos quadris. Eu botava toda sorte de flores no quarto, mas nunca uma rosa enxertada. Sabe lá se, ao ser cortada, ela não se modifica mais um pouco. O que eu podia mudar em mim depois da separação era, com um máximo de esforço, unicamente a folhagem. Depois dos longos dias de brigas conjugais vieram dias em que ninguém gritava comigo. Todo dia eu me apartava das pessoas, ficava fora de todos os olhares, como num armário, e queria que ficasse assim. A tendência para um isolamento meio selvagem ficou comigo e desapareceu, depois voltou a irromper em minha mãe. Então minha mãe apareceu diante de mim sem segredos, completamente só na sua casa quando a visitei pela última vez. E não senti compaixão. Diferente dela, não adiei essa tendência em mim. Não sou tão obstinada, e sobretudo era mais jovem que ela: no caso dela, todas as pessoas próximas haviam morrido, e eu simplesmente fora embora. Eu podia me ver nela à medida que ela se resignava às novas circunstâncias — como se eu fosse a mãe e ela a filha. Na claridade da janela ela me parecia tão desconhecida que dava medo de enlouquecer, e diante da louça na pia parecia tão conhecida que dava vontade de fugir, e assim ela vagava pela casa. Compreendi que essa tendência à solidão é para um período mais tardio da vida, e me atingira cedo demais, eu era moça demais.

Morei de aluguel na casa um homem magro e sempre sorridente. Seu sorriso parecia um traço de sua fisionomia, não uma expressão. Ombros corcundas, omoplatas salientes; quando ele vinha cobrar o aluguel era como se houvesse uma gaiola diante de minha porta. Pele transparente no rosto, como se fosse se rasgar sobre os ossos, nada de rugas mas mesmo assim muito velho. Eu o fiz esperar pela quinta vez e pedi que entrasse no quarto para tomar um chá. Ele recusou, balançou a cabeça e pipilou, e eu me perguntei quanto tempo aquele cabeça-de-passarinho teria paciência comigo. Se não ia ficar zangado se ficasse tão nervoso que sua pele se rasgasse completamente.

Aquela solidão selvagem certamente não era para mim. Mas o que eu tinha com Nelu era uma confusão, eu estava aprisionada em seu ódio. Nelu e eu fomos por dez dias numa viagem de trabalho para uma cidadezinha entre o Danúbio e os Cárpatos. Ele devia fazer a viagem e podia escolher quem levaria consigo, e sugeriu meu nome. Seria bom viajar um pouquinho. Eu não imaginava nada de muito atraente na Central de Botões, como chamavam a cidadezinha na fábrica, mas não previra aquele ermo de dez fileiras de casas sujas rodeadas de lajes de concreto pré-moldadas cobertas de capim e escavações para construção, onde nada se construía nem se removia. Sendo a maior fábrica de botões do país, o lugar era designado oficialmente como cidade e não como aldeia. Uma estradinha de asfalto de três quilômetros ia do hotel ao portão da fábrica, atravessando um campo de urtigas. No vento, as urtigas subiam e desciam, um mar de ondulações verde-negras que a gente tinha de atravessar a nado. Cedo de manhã andávamos por essa estrada que se perdia e recomeçava sempre. Ainda no nono dia eu poderia ter me perdido, as urtigas chegavam até acima de nossas cabeças. Não era a primeira vez que Nelu estava ali, ele conhecia o caminho entre as urtigas como conhecia tudo na fábrica de botões. Nossos sapatos ficavam sujos de poeira e orvalho. Às oito os limpávamos diante do portão com o lenço de Nelu, e corríamos com listas e amostras de tecido entre escritórios e setores. Às cinco da tarde eu estava ofuscada de tanto olhar botões de plástico, madrepérola, osso, retrós, com quatro buracos ou forrados de veludo e linho, com cabinhos. Os botões estavam por ali em grandes quantidades como pílulas numa fábrica de remédios. Deviam ser enviados em caixinhas para as farmácias para serem ingeridos, por exemplo, três vezes ao dia depois das refeições, e não para serem costurados nas fábricas de roupa. De tarde o caminho entre as urtigas era verde-negro como de manhã. O orvalho secara, a poeira estava branca. Pássaros gritavam, sabe lá de onde, não havia nem um no ar. No caminho de volta ao hotel falávamos sobre botões da estação, preços e prazos de entrega.

Dos quartos da frente do hotel via-se a estação de trem vermelha, de um só andar. Uma cabra branca pastava amarrada num postezinho junto dos trilhos. No círculo que lhe permitia sua cordinha, comia florzinhas azuis e capim queimado. Ou ficava simplesmente ali plantada contemplando os trilhos. A noite engolia o solo, o poste e a corda. Só a cabra permanecia ali, uma mancha brilhante. E bem em cima no telhado brilhava o relógio da estação.

Era a segunda noite que eu olhava da cama para aquele relógio. Trens de carga atravessavam o céu, nem pensar em dormir. Desde o primeiro dia ali o tempo era tempo de trabalho, até a noite, recheada de trens. Quando por um instante nem um trem passava, o corredor ficava cheio de vozes e passos masculinos, e todos falavam russo. Na segunda noite eu já colocara, para alguma eventualidade, o vaso de flores de cristal pesado e polido debaixo do travesseiro. A água da torneira tinha gosto de cloro, e o cloro tinha sabor de sono, coisa que me faltava. Eu bebia sem sede, só porque para isso era preciso levantar-me e me deitar de novo. À noite comíamos no restaurante. Junto de nossa mesa redonda havia uma mesa comprida de banquete, encostada na parede. Ao seu redor contei cerca de trinta e quatro pessoas sentadas, homenzinhos de zigomas largas, olhos e cabelos negros como a noite, em ternos de verão de pano cinza e camisas brancas sem colarinho.

Eles querem se sentar a noite toda, disse o garçom, para decidir o melhor modo de mijar enquanto se cavalga, e como se costuram botões com a foice. Uma delegação do Azerbaijão estava na cidade havia uma semana em visita oficial à fábrica de botões, e ficaria mais uma semana para confraternização.

Onde, perguntei.

Também na fábrica de botões, disse ele e piscou o olho. Mas a confraternização já começa no primeiro dia. Depois da meia-noite aparecem nos quartos de fundos, no térreo, cinco mocinhas da fábrica de botões. Há filas na frente das portas, atrás delas gemidos como de gaita-de-foles. Ouvindo isso a gente já se afasta. Um se alivia, outro já está em cima. E a cidadezinha cresce, cada vez mais garotinhos ranhentos meio asiáticos de nariz achatado.

Na mesa comprida era sempre o mesmo que falava, frases roufenhas e rápidas como se estivesse xingando sem raiva. Os outros escutavam, aqui e ali todos riam, ele também, embora estivesse xingando. Muitas vezes ele olhava para o meu lado. Eu o observava porque não tinha nada melhor a fazer. Nelu repassou mais uma vez comigo os botões que estavam na moda. Eu gostaria de fazer alguns comentários sobre os do Azerbaijão, mas quando disse quantos eram Nelu já me censurou:

Pessoas a gente não conta, elas percebem isso.

E daí, por que não posso contar, eles estão aí. Teria sido mais inofensivo falar sobre o campo de urtigas ou a cabra da estação de trem, mas Nelu não tinha por eles o interesse que tinha pelos do Azerbaijão. Nelu me parecia bem descansado. Então ele consegue dormir com esse barulho de trens, pensei, ele e a cabra. Um homem mecânico que dorme de noite para trabalhar de dia, perfeito para viagens de trabalho. O motivo daquela viagem foi ridículo desde o primeiro dia. Encomendar botões no caminho das urtigas onde os olhos lacrimejam e se perde de vista as montanhas de vestidos na fábrica. Já na terceira noite fiquei olhando o relógio da estação a partir das onze. Eram duas em ponto. Trens trovejavam de muito longe como árvores bramindo, depois como ferros no céu, e finalmente dentro da minha cabeça, quase fazendo-a rebentar. Depois um silêncio machucado, cães latindo até chegar o próximo trem. Meu cérebro foi ressecando. Não passava nem um trem quando bateram à porta. Tirei o vaso de debaixo do travesseiro.

Pashyol towarish, gritei em russo para quem quer que estivesse batendo.

Sou eu.

Nelu apareceu na soleira, descalço e de pijama.

Faz um tempão que estou batendo.

Pensei que você conseguia dormir, eu não prego o olho perto desta estação.

Ele sentou-se na cama, cabeça entre as mãos. Abri a janela e vi a mancha reluzente da cabra adormecida no escuro, a sinaleira vermelha bem atrás do relógio, e mais longe outra verde. Nelu deitou-se.

Eu não consigo dormir por sua causa.

A janela ficou aberta, nós nos cobrimos. Eu sabia que agora era a vez dos nossos gemidos famintos como o dos trens nos trilhos. Não me importava. Depois de um dia e uma noite naquele ermo, eu teria recebido com vaso na mão qualquer azerbaijense mas depois o teria acolhido entre minhas pernas. Nelu ofegava, segurava meus peitos, pele a pele nos deitamos perto daquela estação de trem e ele falava de amor. Eu o deixei falar.

Deixei-o falar porque depois da viagem achava que poderia me aproximar dele. Talvez comigo ainda fosse preciso algum tempo para haver sentimentos.

Nelu chegava todas as noites às onze. A luz do teto apagada, a lâmpada brilhava sobre a pia. Uma curva de pescoço encaixada num ombro, as linhas dos braços e pernas curvados borradas, dois olhos brancos, isso era Nelu. Todo o resto, no escuro. O amor devia reconstituir o que o ermo daquela cidade esmagara. Ele me queria a noite toda, sua carne e seu cérebro estavam de acordo, se encontravam ali onde a gente não pensa mais. Eu não conseguia nada, gania sem esquecer onde estava. Olhava o relógio da estação, que devolvia meu olhar. Minha cabeça continuava lúcida como o mostrador no telhado. Eu não teria dado espontaneamente esse passo para vencer a solidão. Ou teria sido com um do Azerbaijão. Esse teria abreviado a minha noite, um ou todos os que viessem. Mas na mesa comprida do restaurante eu não o teria reconhecido. Cada noite teria sido como se ao jantar eu procurasse determinado botão entre trinta e quatro iguais. E assim a cada noite teria podido vir um outro, por mais que eles diferissem na aparência. No máximo eu teria percebido quem era pelo seu jeito de falar ou de se mover. Ou talvez na cama também eles fossem todos iguais. Depois daquela viagem de trabalho eu nunca mais teria encontrado aquele homem ou aqueles homens de dez noites. Fora Nelu quem começara, eu não tomara nenhuma iniciativa. Toda noite, lá pelas duas, eu o mandava para o seu quarto. Até na última noite ele foi a contragosto, mas obedeceu para não estragar as coisas.

Antes do retorno para casa, pelas cinco da manhã, a cabra rodeava seu postezinho. Dei-lhe um pedaço de pão. Ela comeu sem sequer farejar antes. Mal chegando no compartimento do trem adormeci, recuperei o atraso de todas as noites, não escutei mais nenhum barulho ao meu redor. Quando o trem entrava na estação central e Nelu me acordou, minha cabeça estava no ombro dele, como isso tinha acontecido. Na manhã barulhenta da cidade fomos até o ponto de ônibus. Nelu carregava sua bolsa de viagem do lado, eu, a minha, entre nós dois, para que ele não pudesse passar o braço livre pelo meu ombro. Já na frente da estação vermelha, quando a cabra comia o pão no frio da manhã e Nelu vestia seu casaco, eu sabia: Haverá muito tempo, mas amor não.

No escritório, nos dias seguintes, antes de irmos para casa, eu dizia:

Não, não vou para a sua casa. Não, nem você vai para a minha.

Por quê, perguntava Nelu.

Dez dias ou três anos, homens sempre precisam de um motivo. Nelu disse que era impossível não haver outro homem. Depois da separação de meu marido eu queria uma vida que combinasse com meus cabelos curtos. Enquanto eu fosse jovem, queria ir para uma terra bonita para onde mandamos os nossas roupas de exportação. Queria valer aquelas roupas e outras mais bonitas ainda, e queria um homem generoso que as comprasse para mim. Três mocinhas do viveiro tinham se casado com italianos. Meu sogro as interrogou e contou em casa como funcionava isso. Homens que queriam moças daqui eram em geral solteirões, respeitados na profissão, que só conseguiamm se casar depois de enterrarem suas mães. Senhores bondosos e um pouco tediosos nos quais não se distinguia a solicitude da chegada da senilidade, homens bem cuidados entrados em anos. Talvez para me arrancar daqui eu acabasse seguindo o gosto de Lili. Não era preciso ser bela, apenas jovem. E de ar modesto. Dois anos depois do pedido era concedida a permissão para o casamento. A gente entrava de calça na mão no ninho de uma família. Ali se tinha faca e garfo, com sorte até de prata, e vaso na mesa. Eu queria matar o tempo daqueles dois anos até chegar a hora. Queria ir para a Itália, ele não tinha nada com isso.

Você não é o motivo, eu disse, nem eu. Nós só estivemos juntos numa viagem de trabalho.

O rosto dele congelou. As pupilas cintilaram quadradas. Ele inspirou fundo e me deu uma bofetada, nisso era melhor do que ao preparar café, amarrar cadarços ou apontar lápis. A bofetada acertou em cheio, minha cabeça ficou zonza. Eu ri, embora fosse um riso murcho. Bom, talvez fosse justo bater minha cabeça na porta.

Mas que depois de uma semana ele me acusasse com aqueles bilhetes para a Itália, isso foi injusto. E que depois disso ainda escrevesse ele pessoalmente aqueles bilhetes para a Suécia enfiando-os nos bolsos da calça para eu ser demitida, isso era maldade. E os bilhetes para a França...

Ei, vovó, agora chegamos, diz o condutor. A velha tem apenas de levantar, balançar a cabeça umas dez, quinze vezes, e estará na porta. Na porta de trás arrastam-se sapatos e canecas retinem. Eu gostaria de descer aqui, comprar alguma coisa, talvez só uma maçã, para isso não se precisa pegar fila. Se fosse depressa eu ainda alcançaria o bonde. São quase nove horas, mas não dez em ponto. Albu nem veria uma maçã na minha bolsa. Uma maçã de verão, verde-capim, ainda que as primeiras em geral tenham vermes e manchas como nervos. Quando a gente morde, o suco espumeja e repuxa a boca. Uma maçã dessas combina com a blusa que cresce. Eu podia comê-la ainda no trajeto, ou logo depois de desembarcar, pouco antes das dez. Também a posso guardar. No caso de Albu me prender lá, eu vou ficar um bom tempo sem ganhar comida. Mas e se a maçã estragar a noz e de alguma forma fizer com que Albu me prenda. Apesar de toda a fome vou me lembrar de que maçã na bolsa pode ter algo a ver com a pasta de dentes. Eu a comerei a contragosto, não posso estar com tanta fome. O cara da pasta salta de seu assento, vai até o condutor: Eu também vou rapidinho comprar aspirina, você ainda vai ficar aqui um pouco. Não muito, disse o condutor, me agradaria uns tomates mas estamos atrasados. Se você esperar, eu trago tomates, diz o da pasta. O condutor abre a garrafa: Não, a próxima viagem será mais rápida, aí eu mesmo terei tempo. Antes de beber ele limpa com a mão a boca da garrafa, como se outra pessoa tivesse bebido da última vez, não ele.

* * *

Tudo girava na minha cabeça quando me sentei pela primeira vez numa motocicleta atrás de Paul naquele domingo no mercado de pulgas. As ruas se arqueavam para cima. No centro da cidade, grandes famílias se distribuíam diante da porta da igreja e não saíam do lugar. Os adultos tinham muito a conversar depois de cantar e rezar, e as crianças tinham de novo licença para rir e pular. Uma velha de roupa preta e meias brancas atravessou a alameda de plátanos como se fosse um vale e gritou:

Georgiana.

E ninguém veio até ela. Mas algumas árvores adiante estava uma mocinha com laço vermelho no meio da cabeça parada junto de um cesto de lixo, que batia no asfalto com o sapato de verniz vermelho e cantava uma canção. Entre os adultos que continuavam andando ao ritmo de sua conversa e a criança que não vinha, a velha estava perdida sem saber o que fazer. Olhei para trás enquanto passávamos de moto, até que meu pescoço ficou curto demais. Os trajes pretos se perderam, e a motocicleta zumbia em todos os meus dedos.

A vida toda meu pai foi à igreja nos domingos. Quando mamãe, vovô e eu não íamos junto, ele ia sozinho. No caminho de casa ele se permitia uma cachacinha em pé e um cigarro estrangeiro no boteco atrás do parque. Pontualmente à uma sentava-se à mesa para almoçar. Até nos últimos anos, quando estava coberto de pecados até os ossos, ele foi sempre à igreja. Eu, em seu lugar, teria ficado em casa, com aquele monte de pecados. Nem posso imaginar que nos domingos ele prometesse a Deus acabar tudo com a moça das tranças, se já estavam combinados para se encontrarem no dia seguinte. Eu observara, nas segundas a moça das tranças vinha sem criança para o mercado. Como o meu pai ao lado de sua mulher, ela contava as horas nos domingos ao lado do marido. Na segunda à noite nem Deus nem o Diabo conseguiriam separar aqueles dois. Nos domingos tínhamos no almoço duas galinhas na mesa, e o que sobrava comíamos à noite. O meu pai comia as cristas das duas cabeças de galinha, porque precisava delas na segunda para seus pecados. E eu dividia com vovô o cérebro, para aprender a me calar como ele fazia. Era possível que meu pai tivesse pedido a Deus que lhe permitisse o pecado, pois o Senhor devia saber que com minha mãe não acontecia lá grande coisa. À direita da porta da igreja ficava pendurado Jesus, à altura da boca da gente, para que os adultos pudessem beijar seus pés ao sair. As crianças eram erguidas pelos quadris. Enquanto foi preciso, minha mãe ou meu avô me levantaram, meu pai jamais. Jesus não tinha mais dedos nos pés, tinham sumido de tantos beijos. Quando eu era criança meu pai dizia:

Esses beijos ficam. Quando a gente morre e está diante do Juízo Final, os beijos brilham em torno da boca da gente. Seremos reconhecidos, e entraremos no Paraíso.

De que cor eles brilham, eu perguntei.

Amarelo.

E os beijos que nós nos damos.

Não brilham porque não ficam, ele disse.

Todos os que moravam perto da igreja de são Teodoro traziam nos lábios um pouquinho da poeira dos dedos dos pés de Jesus. Quando eu quis substituir a moça das tranças, mas meu pai não se afastou da carne dela, esperei que os beijos dela também ficassem. Que diante do Juízo Final brilhassem escuros entre os beijos nos beijos nos pés, traindo o traidor.

Lili disse certa vez que sua mãe não ia mais à igreja porque a missa hoje em dia começa com a oração pelo chefe de Estado.

Tudo bem, eu disse, mas que o marido dela toda semana vá com seus velhos ossos às reuniões no quiosque dos jornais, isso ela admite.

Admite porque tem de, respondeu Lili.

Minha cabeça ainda estava inundada da viagem na moto, embora Paul e eu já estivéssemos havia algum tempo sentados no parque. Na última parte do trajeto, pela mata, os galhos mais baixos batiam em nossos cabelos. As árvores zumbiam verdes, todo o céu era de folhagens. Eu pedia, encolhendo o pescoço:

Não vá tão depressa.

Paul aproximou a cadeira da minha e me beijou na boca com espuma de cerveja. Eu ainda estava tonta da viagem, o beijo me deixou ainda mais tonta. Meu coração balançava num fio muito fino. Eu queria permanecer lúcida, mas a felicidade não me deu tempo. Entendi muito lentamente que um mercado de pulgas imundo cheio de quinquilharias e gente da qual eu nada queria exceto dinheiro também podem trazer felicidade. Que a felicidade na cabeça da gente não precisa de tempo, mas de um bom acaso. Meus dedos ora na pele morna debaixo do queixo de Paul, ora na garrafa fria. Como soubéssemos tão pouco um do outro, falamos muito, em geral não sobre nós. Paul bebera seis garrafas de cerveja e tolerava ainda mais, quando chegaram famílias no bosque, no fim de tarde. Depois do almoço nos blocos residenciais, eles queriam ter ainda o céu sobre as cabeças mais um pouco, antes da semana encerrados na fábrica. Um casal de mais idade usando alianças grossas, com gravação moderna de flores, ocupou as duas cadeiras livres na nossa mesa.

É a última vez que lhe pergunto, disse a mulher.

Eu não sei, disse o homem.

Quem foi.

Eu não.

Como você não, não se faça de mais bobo do que já é.
Não fale assim cuspindo, meu Deus, eu esqueci.
Você esqueceu seu juízo, ao nascer, aliás.
É mesmo, ou ele não apreciaria esse seu cérebro diminuto.
Você teria ficado naquela cabana de barro com sua mãe.
Mas você precisava dele, minha doçura.
Sua doçura porque outra não ia te querer.
Daqui a pouco você vai começar a chorar por mim.
No que é que você está pensando.
O que você quer que eu diga.
Você certamente pensou em alguma coisa.
Não, não pensei em nada.
Não acredito.
É verdade.
Não, a gente pensa que você está só espirando, e já está mentindo.
Sim, sim, até quando te fodo.
Isso nem é preciso dizer.
Mas você bem que quer a toda hora.
Porque você não presta para mais nada.
Você fala, mas não passa de um buraco com cabelo crespo.
Diga como foi ou então fique quieto.
Pare com isso, eu não sei.
Mas quem então...

E recomeçavam como um redemoinho na água, o tom cada vez mais áspero, iam da cabana de barro para o galinheiro e o buraco com cabelos crespos se tornava um colchão com franja. Nos olhos deles havia veneno. A mulher o interrogava como se só eles estivessem ali, o homem olhava um ponto vago como se estivesse totalmente sozinho. O sol ainda estava leitoso, ouvia-se o rumor das altas árvores, o céu comprimido quase não tinha espaço na folhagem densa, sapatos rangiam no cascalho. Ele estava farto da mulher e apaixonado por ela. E ela não tirava os olhos de nós três. Paul e eu também estávamos aprisionados, calados sem nos entreolharmos para que ela não pensasse que trocávamos sinais. Apartados um do outro, escutando mas surdos, não entendíamos o que a mulher queria dele. Paul tirou a mão da mesa, a mulher avaliou o movimento, encarou-me e esperou para ver o que eu faria. Eu me inclinei para Paul, ele agarrou meu joelho e disse:

Vem.

Sentei-me ereta de novo, mas ela esperou que a mão de Paul aparecesse sobre a mesa. Paul deve ter sentido isso e deixou-a no meu joelho. Com a outra mão chamou o garçom.

Deixe-me pagar, pela venda da aliança vendida — que ela tenha um futuro feliz, eu disse.

Eu queria minimizar a felicidade. Por acaso, os dois estavam calados naquele momento nos escutando, como até ali Paul e eu os escutáramos, e fiquei contente porque também eles estavam ouvindo algo que não entendiam. Paul tirou o dinheiro do bolso, não quis usar o meu. A mulher olhou sua própria aliança, e Paul e eu dissemos ao mesmo tempo:

Adeus.

Era como se fôssemos dois bonecos de corda falantes. Ela levantou brevemente a mão da mesa em despedida. O homem olhou como se dependesse do nosso apoio e disse:

Tudo de bom.

Na sua situação ele tinha mais necessidade de sorte do que nós, que rodamos entre as árvores até o bloco torto. Nessa noite dormi com Paul pela primeira vez, e fiquei lá.

Até a carne envelhecer um pouco e ao mesmo tempo rejuvenescer, a respiração calma ou enlouquecida quase nos rasgando, assim nós nos amamos nessa primeira noite. Depois escutei latidos como se cães vagassem pelo céu. Então a rua adormeceu ao tique-taque do relógio e tudo embaixo ficou quieto. O dia ficou cinzento, o mostrador ainda não refletia luz de fora. Logo chegaram na Ladenstrasse os caminhões de fornecedores. Saí da cama e me esgueirei para fora do quarto, roupas na mão. Parei no corredor com a pele arrepiada, e coloquei as roupas sobre a pele ainda quente da cama. Quis calçar depressa meus sapatos e desaparecer antes que Paul acordasse. Mas não foi o que fiz. Poder ficar ali como os sapatos, o armário na cozinha, como o raio de sol ofuscante no encosto da cadeira, que cresce e mais tarde pousa na mesa. Ficar ali porque nos papéis que há muito são escritos, selados e assinados na fábrica, depois de cada sábado é segunda-feira. Peguei um copo de água e bebi o sabor farinhento de minha língua. Mas ficar ali, como uma pechincha comprada no mercado de pulgas, pensei, melhor sumir. Quem vai pode voltar. Uma lata esmaltada de vermelho estava sobre a mesa, abri, cheirei o café moído, fechei a tampa, pus a lata no lugar e vi minhas impressões digitais gordurosas e o que eu tinha sonhado aquela noite:

Meu pai deitado em casa no pátio, numa mesa de madeira, vestindo sua camisa branca de domingo, e ao lado da sua orelha esquerda um pêssego de uma das árvores que ele mesmo plantara anos atrás. Um homem com tórax arqueado e cara de passarinho, mas que no sonho não era meu senhorio, corta um retângulo na camisa de meu pai entre a ponta do colarinho e o estômago, do terceiro ao quinto botão, tão reto como se fosse traçado com ajuda de régua. Ele levanta uma portinhola de carne branca.

Eu digo: Vai sair sangue.

O homem diz: Ele vem do melão da mulher dele. Está vendo, ele está ressequido, não cresce mais, não é maior do que um ovo. Nós o vamos tirar e botar um pêssego em seu lugar.

Ele retira o melão do peito e coloca o pêssego em seu lugar. O pêssego está maduro, com bochechas coradas, mas não está lavado, isso se vê na sua penugem.

Esse aí é da moça das tranças, eu digo, e não vai crescer nunca, ela não cuida bem dele.

Uma coisa você tem de admitir, ela entende de legumes.

Isso aqui é fruta, eu digo.

Vamos ver, ele diz.

O homem repõe a portinhola no peito de meu pai e ela cabe exatamente no lugar. Ele vai até a parede da casa, abre a torneira e lava as mãos com a mangueira de jardim.

Essa portinha não vai ser costurada, pergunto.

Não, ele diz.

E se ela cair.

Está bem fechada, vai cicatrizar, não é a primeira vez que faço isso, ele diz, afinal eu sou um marceneiro experiente.

Depois que Paul e eu nos amamos além de todo o cansaço que vai e vem, ele foi dominado por um sono calmo, e eu por um sono que produz imagens. A portinhola de carne talvez viesse da porta solta do banheiro, o senhorio como cirurgião pode ter aparecido porque agora eu tinha dinheiro para o aluguel atrasado. Meu pai e a das tranças não tinham motivo para estar ali, e meu desejo de substituir a das tranças não tinha o direito de se intrometer na minha primeira noite com Paul.

O pote de café esmaltado de vermelho tinha luz demais, o sol o deixava atordoado, e era ele que devia estar devaneando, não eu.

Paul chega por trás e fecha meus olhos com as mãos.

Andei pensando, você devia se mudar para cá.

Eu nem escutara os passos dele e me senti como se tivesse sido flagrada com meu pai.

Não, eu disse.

Mas por dentro eu aceitara, como se não tivesse escolha. Quando ele tirou as mãos de meu rosto, uma mulher na janela do outro lado sacudia dois travesseiros brancos, e eu disse:

Sim.

Eu tinha minhas dúvidas. E no momento seguinte tirei quatro colheres bem cheias de café do pote e botei no bule e Paul disse:

Bom.

Foi uma bela palavra porque não podia ser ruim. Paul botou na mesa um vidro de geléia de abricó e cortou pão, fatias demais.

De manhã eu como de pé e andando para ter algo no estômago sem realmente tomar café. Mas ali fiquei sentada. Falei de meu pai e da portinhola na pele e do melão e o pêssego. Deixei a moça das tranças fora da história. Também não falei que o pote de café vermelho espelhava o sonho. Nem que eu desconfiava dele como desconfiaria de um estranho. Com pessoas que não me agradam imediatamente, a desconfiança é menor, a menos que eu fale sobre ela, assim foi com Nelu quando comecei a trabalhar na fábrica. Mas com objetos eu sou cautelosa porque eles me agradam. Transfiro para eles os pensamentos que são contra mim. Se não falo desses pensamentos, eles desaparecem, como a desconfiança que tenho de pessoas. Penso que com o tempo isso cresce no meu cabelo.

Depois da separação de meu marido, naqueles dias calmos em que ninguém mais gritava comigo, percebi a desconfiança dos outros em relação a estranhos. Quantas vezes as pessoas se penteiam na frente de outras. Na fábrica, na cidade, nas ruas e bondes, nos ônibus e trens, nas filas diante de caixas ou nas filas de leite e pão. No cinema antes de a luz se apagar as pessoas se penteiam, e até no cemitério. Enquanto elas repartem o cabelo, a gente vê a desconfiança nos pentes. Mas elas não conseguem tirá-lo completamente com o pente se falarem sobre ele. O medo de estranhos gruda no pente e ele fica oleoso. Quem fala a respeito se livra do medo de estranhos; seus pentes estão sempre limpos. Eu recordava: mamãe, papai, vovô, meu sogro, meu marido, todos tinham pentes sujos, também Nelu, também Albu. Lili e eu, ora limpos, ora grudentos. Sim, era isso que acontecia com nosso medo de estranhos, nosso falar e calar.

Paul e eu tomamos café, o sol pousado na mesa. Eu contara o meu sonho e depois não dissera mais nada, nada sobre os pentes. Paul estava desconfiado de meu sonho, evitava fitar meu rosto e olhava pela janela.

Nervos fracos, ele disse, mas o seu cirurgião prometeu que a portinha ia cicatrizar bem.

Atrás do vidro da janela três andorinhas voavam atravessando um pedaço de céu. Vinham na frente do bando ou eram apenas três e nada tinham a ver com as que viriam atrás e não podiam ser contadas. Eu não devia ter começado a contar, mas já movia os lábios.

Você quer saber quantas são, perguntou Paul.

Eu conto muitas coisas. Tocos de cigarro, árvores, sarrafos de cerca, nuvens ou lajes entre um poste de telégrafo e outro, as janelas de manhã até a parada do bonde ou os transeuntes entre uma estação e outra, que vejo do ônibus, gravatas vermelhas numa tarde na cidade. Os passos do escritório ao portão da fábrica. Assim a gente mantém o mundo em ordem, eu disse.

Paul trouxe do quarto um retrato que não tinha estado na parede, ou eu o teria visto. Mas estava emoldurado, com uma barata amassada sob o vidro.

Quando meu pai morreu, eu emoldurei a foto e pendurei no quarto. Ficou ali dois dias, depois apareceu essa barata e assim entrou na família. A barata tem razão: quando alguém morre, a gente começa a agir por medo da gente mesmo, finge que o amou mais do que ama aqueles que ainda vivem. Então eu tirei o retrato da parede.

Além da barata eu via mãe de Paul, de covinhas nas faces, um braço apoiado no quadril esquerdo de seu vestido de verão, o outro ao redor da cintura do marido. O pai de Paul usava boné, camisa xadrez de mangas arregaçadas, calção largo até os joelhos, meias até metade da barriga da perna, e sandálias. Passava um braço pelo ombro da mulher, o outro apoiava-se no quadril direito. Os dois da mesma altura, bem juntos, os braços nos quadris como duas alças. Naquele tempo eu ainda não pensava em ameixas com as bochecas encostadas uma na outra. Na frente dos pais orgulhosos, um dos primeiros carrinhos de bebê com persianinhas que se podiam fechar. As do retrato estavam erguidas, e no carrinho estava Paul, a aba da touca engomada como uma meia-lua sobre a testa, laço debaixo do queixo caindo até a barriga. A orelha esquerda saindo da touca. Ele erguia a mão com um brinquedo. E do carrinho caía o cobertor, amontoado na extremidade junto dos pés dele. Atrás da família um morro, ameixeiras de flores brancas e bem no alto a siderúrgica, indistinta como a fumaça que subia das chaminés. A família operária na felicidade da indústria, um retrato para o jornal. Tive de contar a Paul, à mesa, no sol, do meu sogro perfumado sobre o cavalo branco, uma foto que também era dos anos 50.

Teu pai é bem diferente do cara sobre o cavalo branco, eu disse, mas os dois são comunistas. Um na fornalha da cidade, outro com lustrosas botas de cavaleiro nas ruas das aldeias. Um trabalha duro e bota o aço ardente acima da razão, o outro cavalga, persegue seres humanos, e cheira a perfume.

No meu casamento o meu avô só dançou uma valsa comigo. Encostou bem a boca na minha orelha e disse: Já em 1951 esse cachorro fedia a perfume, e um cara desses entrou na nossa família. E quer se divertir mais uma vez conosco, não quer. Quer comer aqui com a gente. Tudo bem, ele terá seu prato de honra. Eu tenho algo preparado para ele, vou botar veneno na sua comida. Como ele falava calmo, como respirava leve mantendo o ritmo da valsa, como alguém que vai cumprir o que disse. Por fora meu vestido comprido ondulava, por dentro eu parecia um poste. Ele pisou algumas vezes na minha bainha e desculpou-se. Eu só disse:

Não faz mal.

Mas meu vestido comprido me fazia muito mal. Eu queria que meu avô pisasse nele até eu sair dele. Depois de dançar ele me levou de volta pelo salão ao meu lugar na cabeceira da mesa junto de meu marido. Três cadeiras adiante meu sogro se curvou sobre o ombro de sua filha, o brinco dela estava aberto. Meu avô acariciou minha manga.

E você pretende ficar com esse cara.

Eu não pude perguntar se ele falava de meu sogro ou de meu marido. Ele afastou-se pelo salão, e estava se referindo aos dois. Procurei-o com os olhos. Meu marido puxou minha mão, para que eu voltasse meu olhar para ele. E quando meus olhos chegaram lá e os dedos estavam sobre sua calça preta entre as mãos dele, senti como se aquela manga alva se estendesse para bem longe. Como eu desejava que ele segurasse meus dedos para sempre e vivesse comigo como se possuísse três mãos. O que atormentava meu avô não era culpa nossa. Então a música voltou a tocar, e serviram a comida. Os garçons corriam com travessas entre as mesas, chegavam pela porta pela qual meu avô saíra e não voltou mais, nem para comer.

Meu sogro comera, suas mãos brilhavam de gordura, as unhas parecendo pintadas, faces afogueadas, olhos ágeis, nem sinal de veneno. No prato havia ossos de galinha bem limpos, chupados. Então a música voltou a tocar. O cozinheiro trouxe o bolo alvo de casamento até a mesa na frente, usando jaleco branco, lenço azul no pescoço e gorro branco de marinheiro. Era uma casa de filigrana de três andares com janelas e cortinas de açúcar, duas pombinhas de cera sobre o telhado. O cozinheiro me deu a faca, tive de partir a casa, reboco branco e paredes marrons, até que todos ali tivessem um pedaço em seu prato. Meu sogro tinha esvaziado um prato fundo e um raso. Ele estendeu seu prato de sobremesa:

Uma fatia fininha, por favor.

Mas com polegar e indicador sugeria uma fatia bem gorda. Eu ouvia mal e sufocava como se tivesse tomado veneno, meu coração todo peludo. Fui procurar meu avô. Ele não estava na rua nem na cozinha, nem junto dos instrumentos no aposento onde os músicos os deixavam. Estava sentado junto das pipas de vinho e bebida, sem esperar nada nem ninguém, e quando quis me sentar com ele, disse:

Aqui você vai sujar seu vestido.

Encostei-me na escada de incêndio no canto.

Ele se perfumava enquanto nós éramos levados como gado para a estação. Rodamos durante duas semanas de trem, depois paramos, umas quatrocentas e cinqüenta famílias despejadas diante de um poste de madeira no meio do nada. Postes em fileiras bem retas, em cima o céu, embaixo o barro, no meio nós e aqueles cardos malucos. O sol consumia tudo. Por vários dias a sua avó e eu cavamos um lugar para nós na terra onde ficava aquele poste, e o cobrimos com cardos. A pele se rasgava quando os colhíamos. O vento leste nos apagava, e aquela sede, nada de água em três quilômetros. Fomos até o rio com panelas e travessas, mas quando chegamos no nosso buraco na terra a água tinha se derramado toda. Tínhamos sarna e piolhos, sua avó teve de deixar que raspassem sua cabeça, eu também. Só que com as mulheres é diferente, até os cardos tinham aqueles pêlos brancos que voavam por toda parte, o vento não dava sossego. Sua avó disse: Está vendo, chegou o cavalo branco, está correndo atrás de nós, depois vamos ter pêlos e cascos. Depois tentou atingir algo que só ela via, arqueou os ombros e gritou: Vá embora. Começou a vagar por ali, e mesmo os dias mais longos não eram suficientes para ela encontrar o caminho de volta em meio aos buracos na terra. Eu gritava: Anastácia, Anastácia. Ouvia-se o nome dela atrás de cada folha de cardo, e ela não respondia. A sede ficava ainda maior quando se gritava. E quando eu chegava na frente dela, ela estava comendo barro como se bebesse água. Muitas vezes ainda ria com aqueles dentes marrons e quebrados, por algum tempo a gengiva ficou rachada, depois murcha, depois sumiu. Nada mais sangrava. Olhos de coruja e aquele ranger na boca, um fantasma agachado no barro. Eu morria de sede, e ela não se constrangia, pegava terra e sorvia. Eu batia nas suas mãos, na sua boca. De medo dos pêlos de cardo, ela arrancara as sobrancelhas e os cílios. Nus como sua cabeça estavam agora seus olhos, duas gotas de água. Deus, de tanta sede eu tinha vontade de beber aqueles olhos. Decidi impedi-la de morrer, segurá-la com toda a força porque amor agora era algo impossível. Bati nela cada vez mais, porque ela não sabia nem seu nome, nem sua idade, nem de onde vinha nem com quem. Estávamos os dois a um passo de morrer, ela totalmente louca e bondosa, e eu lúcido como uma maldição, e ruim. Ela se despedira deste mundo e me deixara no mundo, e a morte também chamava por Anastácia, chamava mais alto do que eu. Aquela grande enganadora, e ela estava enfeitiçada. Mas não se pode simplesmente aceitar as coisas como elas acontecem, eu tinha de bater, e muitos assistiam e ninguém me detinha. Outros não estavam melhores do que eu, mas de que me servia isso. Eu era bruto e ela permanecia boa, era só isso. Eu estava meio doido da cabeça. Eu a empurrava jovialmente pela nuca e berrava: Espere para ver, nós vamos ficar secos como favas de feijão, aqui ninguém se transforma em cavalo. Entendeu, aqui não cresce nenhuma árvore, não há madeira para caixões. Estou vendo que nós mesmos vamos ser nossos caixões. Às vezes ela arrastava os pés e fechava os olhos, outras vezes amolecia toda e me olhava fixamente e perguntava: Você é o guarda aqui, você é pago. Graças a Deus ela não achava que aquele canalha era seu marido. Mal ela caiu na cova, chegou o primeiro inverno. Sorte a dela, não viu quanto cabelo branco caía agora. A neve nos chicoteava, nunca a neve cobriu a terra com tamanha crueldade. Nunca sossegava, estava sempre se movendo. O sol a afiava, ela vinha em ondas e ondas de pequenas facas. E no verão o barro corria devido ao calor, amarelo e vermelho-amarelado e cinzento. Às vezes branco-azulado como se a gente tivesse nadado até o fim do céu e ficasse mais tonto do que já estava. Mas neve queima diferente de barro, mesmo quando a gente se vira para outro lado ela seca a água de nossos olhos. Muitos de nós perdemos o juízo, sozinhos ou em dupla, não fazia mais diferença. Pouco depois da morte dela chegou um trator e encheu de terra nossos buracos na terra. Tínhamos de construir, afinal éramos seres humanos, disseram-nos, e podíamos tirar da cabeça a idéia de voltar para casa. Talvez fosse bom assim, eu tive de pisotear muito barro e secar muitos tijolos, o clima estava úmido, logo viria o inverno. Eu não tinha tempo para pensar. Troquei as roupas desbotadas dela por sete tábuas. Como todos os outros, construí uma casa, pode imaginar isso, tinha de ter oito metros de comprimento, quatro de largura, e dois mil e trezentos tijolos. Cada tijolo, trinta e oito centímetros de comprimento, vinte de largura e doze de espessura. E cada parede da grossura do comprimento dos tijolos. Com aquele clima tudo ficava torto e irregular. E para o telhado, palha, cardos, capim, que o vento removia constantemente. Na parede externa a gente pintava um sinal — um retângulo, um ziguezague, um círculo — no lugar da numeração das casas, pois números eram proibidos. Para exorcizar a morte pintei um cavalo. Até o fim eu sabia que nenhum de nós se tornaria cavalo. Só aquela região a cada inverno virava cavalo branco gigante, pois a neve sempre estava em disparada. Fiquei quatro anos na casa, não me pergunte como. Agora você deve ir, disse meu avô, se ama o filho dele, agora vá.

Ele tem culpa, perguntei.

Ele levantou os olhos.

A sua pergunta está errada.

Eu tenho culpa, perguntei.

Ele pode fazer alguma coisa a respeito, disse meu avô. Não, ele não pode.

Quando voltei ao salão queria que alguém me tirasse da minha própria pele. Como ninguém o fizesse, enfiei qualquer coisa dentro dela. No bolo de casamento havia ainda meia parede com duas janelas, eu comi uma cortina. Meu marido dançava com sua mãe e a bolsa de verniz branco dela, que balançava nas costas dele. Meu pai dançava com o telhado branco e pontudo dos cabelos de minha mãe. Meu sogro dançava com sua filha e os sapatos brancos dela. Eu olhei para baixo, para mim mesma, aquela cor se instalara na família. Quem podia fazer alguma coisa a respeito, alguém tinha de poder.

Entra um cavalo no pátio do acampamento
com uma janela na cabeça
e por ali avistas a torre de vigia
azul...

cantava meu avô às vezes trabalhando no jardim, e não era uma canção nupcial.

O b o n d e estacionado no semáforo. Outro sinal vermelho, diz o condutor. Para quem será. Passam dias sem ninguém atravessar a rua, mas os caras botam semáforos e ficam sentados em suas bundas gordas no escritório. Ninguém vem à cidade olhar os semáforos. E os caras ainda recebem bônus por eles, e eu perco os meus porque meu trajeto é demorado demais.

As pessoas que estão de pé no bonde olham o semáforo e ficam quietas. Um homem espirra. Uma vez, duas, três vezes. Não se espirra por causa do semáforo, ele espirra por causa do sol, quatro vezes, cinco. Não suporto que alguém espirre tantas vezes, são sempre uns homenzinhos assim pequenos e magros que não conseguem parar e não têm modos. Esses porcalhões, você tem sorte se eles botarem a mão na frente da boca na primeira vez, depois pode esquecer. E cada vez a gente espera que o espirro tenha sido o último mas não consegue deixar de esperar pelo próximo. A gente fica idiotizada, contando os espirros e ajudando. Agora ele está espirrando uma sexta vez, por que não tapa o nariz e engole ar sete vezes, ou conta até sessenta, assim passa. Esse cara aparentemente não conhece o truque, mas eu não posso gritar isso para ele de uma ponta a outra do carro. Na verdade, engolir ar nem funciona para espirro, é para soluço. Ele tem de massagear as abas do nariz até não sentir mais cócegas lá dentro, essa é a receita contra espirro. Os olhos dele estão inchados como castanhas, se não parar logo eles vão saltar fora. Mas que me importa isso. O pescoço dele está vermelho, as orelhas em fogo. Agora, atchim, pela sétima vez, já sinto ar no cérebro só de assistir. Por que ele não faz outro som, em vez de atchim. Finalmente ele pára. Não, está espirrando pela oitava vez. Não vai sobrar nada dele, vai se consumir espirrando, vai virar um monte de ranho.

Paul botou a foto na gaveta e perguntou:

Nos anos cinqüenta, o que é que seu sogro fazia.

Ativista do partido, eu disse, responsável pela desapropriação. Meu avô tinha vinhedos nas colinas da aldeia vizinha. O comunista perfumado confiscou as moedas de ouro e as jóias dele e o botou com minha avó na lista de deportação para Baragan. Quando meu avô retornou, sua casa pertencia ao Estado. Ele os processou, e até poder morar em sua casa outra vez, a fábrica de pão tinha transformado os quartos em escritórios. Falava-se muito sobre a casa, em geral na hora da comida, mas de minha avó pouco se falava, coisas assim:

Ela decidiu morrer depressa, não agüentou o primeiro maldito verão. Ela não pôde esperar, não sobreviveu à casa no barro. No dia do meu casamento o comunista perfumado voltou pela primeira vez a nossa cidadezinha. Irrefletidamente, como se viu depois. Ele deve ter pensado que ninguém mais o conheceria ali, ou nem isso. Afinal, para ele os deportados não passavam de uma praga. Talvez tivesse se lembrado de alguns que tinham trabalhado para ele. Mas o resto daquele populacho ele só conhecia das listas, não pelo rosto. Minha avó era apenas uma morta que ele escolhera para morrer, e havia muitas. Quando retornou ele queria festejar. Meu avô o reconheceu imediatamente pelo jeito de andar e pela voz. Ainda que se apresentasse com novo nome. Seu nome antigo era de serviço, o de agora, o nome verdadeiro. Seu pai fora um carroceiro que depois da guerra ganhava a vida conduzindo dois cavalos castanhos. Transportava madeira e carvão para as casas, também cimento e cal. Eventualmente levava também caixões para o cemitério, quando as pessoas não podiam pagar a elegante carruagem fúnebre toda entalhada. Varrera muito mais bosta de cavalo num dia do que vira a cor do dinheiro na vida toda. Quando a carroça estava lotada, seus filhos tinham de correr atrás dele poupar os cavalos, e quando a carroça parava eles descarregavam, manejavam pás ou carregavam sacos. O cavalo branco fora para meu sogro uma despedida dos animais de carga, montara nele e saíra daquela sujeira toda. Parecendo extremamente deslocado, ele cavalgava pela aldeia odiando todos os que eram mais ricos do que um carroceiro. O perfume se tornara sua segunda pele. Um comunista perfumado, como pode existir isso, perguntei a Paul. O que é afinal um comunista.

Eu, disse Paul. Eu fui criado com rigor, fazia minhas lições de casa e um dia meu pai me chamou na cozinha. Sua tigela de espuma de barbear estava sobre a mesa e havia água quente no fogão. Ele pincelou o sabão na minha cara até entrar pelo nariz, e pegou sua navalha. Naquela ocasião eu ainda não tinha nem sete pêlos de barba. Fiquei orgulhoso, comecei a fazer a barba e entrei no partido, para meu pai as duas coisas andavam juntas. Ele disse que nascera antes de seu tempo e só podia aceitar o que viesse. Primeiro fora fascista, depois comunista clandestino. Quanto a mim, ele dizia, eu nascera naquele tempo e tinha de estar à frente de meu tempo. Os poucos que eram na época verdadeiros comunistas com razão dizem hoje: Éramos muito poucos, mas hoje somos muitos. Eram precisos muitos, que saíam como vespas da vida antiga. Quem era suficientemente pobre tornava-se comunista. E muitos ricos que não queriam ir para o campo de concentração, também. Agora meu pai morreu, e, se existir um céu lá em cima, você pode estar certa de que ele está declarando ser cristão. A moto era dele. Minha mãe era serralheira. Agora está aposentada e todas as quartas-feiras se encontra com camaradas enrugadas de sua brigada na confeitaria ao lado da casa de ferragens na praça do mercado. Quando eu era criança e atravessava a cidade com meu pai, ele me mostrava seu retrato de melhor operário na placa de honra no Parque do Povo. Eu preferia ver os esquilos. Todos se chamavam Mariana e abriam sementes de abóbora porque as pessoas não tinham nozes para lhes dar. Na entrada do parque a gente podia comprar sementes de abóbora. Uma exploração, dizia meu pai, um punhadinho de sementes por um *leu*. E não comprava nada para mim.

Os esquilos sabem se alimentar sozinhos, dizia.

Eu tinha de chamar Mariana de mãos vazias, e os esquilinhos se aproximavam em vão. Ao chamar, eu enfiava as mãos nos bolsos da calça. Meu pai dizia diante da placa de honra no caminho principal:

Rapaz, não olhe nem para a direita nem para a esquerda mas bem em frente, porém permaneça flexível.

Então enterrava o gorro na minha cabeça, que cobria a orelha esquerda e deixava a direita descoberta, e seguíamos adiante. No cruzamento ele piscava os olhos e dizia:

Olhe primeiro para a esquerda e depois para a direita, rapaz, para ver se não vem um carro. Quando se atravessa a rua isso é necessário, quando se pensa é perigoso.

Só uma vez ele me visitou aqui na cidade, e ficou orgulhoso por ver que morava num edifício, bem diferente de uma casa como a nossa na aldeia, com a montanha na frente do nariz, aqui tinha-se ar e vista. Ele saiu para a sacada, mas não chegou a olhar nada. Topou com as ferramentas e antenas e disse:

O que é isso, você está fazendo trabalho clandestino.

E quando eu disse que as antenas eram para programas estrangeiros, ele disse como se falasse de outra pessoa:

Meu filho gosta de dinheiro, assim o socialismo se torna uma piada. E o que virá então, capitalismo. Ele pode construir antenas até cair morto, nunca será um daqueles que tem bolsos cheios de dinheiro.

Eu disse: Ganhar dinheiro não é piada nem é proibido.

E ele comentou: Também não é exatamente permitido, mas você não se preocupa com isso, não é.

Que capitalismo que nada, eu disse, não ganho em dólares, e na Iugoslávia e na Hungria, o socialismo é igual ao daqui, mesmo na televisão.

Nos últimos tempos há mais aproveitadores no Partido do que lutadores, ele disse. No fundo o dinheiro arruína o caráter.

Mas você está falando de seu filho, eu disse, e só tem um, que sou eu. E o que é que você conseguiu na vida. Uma carreira de fundir ferro para forcados e tratores. E que mais. Continuamos sem o Paraíso na Terra. Mas você tem um cérebro vermelho. Quando chegar diante do Senhor ele verá sua luzinha na testa e dirá: Então, seu pecadorzinho, o que está me trazendo. Dois pulmões roídos, discos rebentados entre as vértebras, conjuntivite crônica, surdez e um terno puído, você diz. E o que deixou lá embaixo na Terra. E você diz: O meu livro do Partido, um boné e uma moto.

Meu pai riu: Aiaiaiai, isso só acontecerá se você acabar brincando de Deus. Mas, sabe, eu teria vergonha por você também lá no céu porque lá de cima teríamos uma visão panorâmica desse seu trabalho ilegal em cima dos telhados.

Perdi a vontade de conversar, ele não. Olhou o relógio e disse: Espero que nesta cidade só uma pequena porcentagem aprecie emissoras estrangeiras. Quando todos esses parasitas tiverem suas antenas, esse seu negócio estará liquidado.

Eu disse: Você é um velho ruim e tem inveja até de mim.

Meu pai ficou sem fôlego e não respondeu, e baixou o boné sobre a orelha esquerda. Ficou exatamente como ficava em mim quando eu era um menino diante da placa de honra. Mas agora ele fazia isso consigo mesmo. Olhou o relógio e disse: Isso tudo não adianta nada, eu estou é com fome.

Seu pai estava amargurado, eu disse, ou não teria sido tão teimoso, mas não era perigoso para os outros. Meu sogro deu um jeito de subir, e jamais dirá a alguém por que caiu em desgraça. Existem apenas boatos. Mas que o comunista perfumado andou de casa em casa no seu cavalo branco, amarrando-o nas árvores e deixando o chicote entre as crinas do cavalo, isso todo mundo sabe. E que o cavalo se chamava Nonjus. Meu avô contou que os camponeses tinham de trazer feno e um balde de água fresca. O cavalo branco comia e bebia, o cavaleiro enquanto isso procurava ouro e cereais nas casas. Ele tinha papéis com os lotes cuidadosamente mapeados e numerados. Depois de cada expropriação, ele voltava para seu cavalo e retirava do seu pescoço a corda trançada em várias cores do chicote. Na ponta da corda havia um pompom de seda e na ponta do cabo uma tampa aparafusada, de chifre. Ele desparafusava a tampa, lá dentro guardava seu lápis. Tirava do casaco um papel e riscava um número. Quando ele cavalgava pela aldeia era seguido por latidos. Os cães sentiam que o homem no cavalo estava roubando a paz da aldeia. Ele odiava aqueles vira-latas, seu chicote estalava no ar e os atiçava ainda mais. Pequenos como eram, parecendo gatos latindo, eles davam cambalhotas junto dos cascos. O terceiro, o quarto e às vezes décimo estalar de chicote os acertava na nuca ou entre as orelhas. Então ele seguia adiante em seu cavalo, mal se escutavam os cascos na poeira. E só tiravam os vira-latas da rua quando era tarde da noite e se sabia que ele não viria mais no seu cavalo. Lá estavam as barrigas claras inchando ao sol, olhos e focinhos cobertos pelas moscas. Ele entregava camponeses mais ricos ao Serviço Secreto, depois os médios, depois os bem pequenos. Era diligente, depois de algum tempo ele arrebanhara agricultores demais, e na verdade os que eram pobres demais. Os cavalheiros da cidade devolveram alguns deles à aldeia no primeiro trem.

Certa manhã o cavalo branco estava morto no estábulo, envenenado pelo farelo. Os homens das redondezas foram interrogados dia e noite no centro comunitário, e foram surrados, dois malfeitores da aldeia se alternavam nesse ofício. Três homens foram culpados e presos. Os três estão mortos, mas nenhum deles foi o culpado.

O cavalo foi colocado no trator à noite pelos dois bandidos, e enterrado num vale entre a aldeia e a cidadezinha, atrás dos vinhedos. Meu sogro foi junto. Ele e um dos bandidos sentaram-se ao lado do cadáver do cavalo com um lampião, no reboque. Tinham de beber cachaça porque o cavalo fedia demais. O outro bandido sentava-se sóbrio no guidom, e rodaram até as colinas. Chovera muito, o trator atolou na terra fofa. O sujeito na direção contou no dia seguinte que grilos, sapos e outros animais noturnos faziam uma zoeira louca no capim, e que o cavalo morto fedia horrivelmente. O diabo nos capturou direitinho, ele disse. Nessa noite o grande comunista ficou possesso. Vagou pelo barro, soluçando e praguejando. A toda hora vomitava, seus olhos quase saltaram fora, ele não tinha mais nada no estômago. Quando a cova estava aberta e o cavalo descarregado do trator, ele se jogou no chão, agarrado ao pescoço do animal. E não o largava mais. Os dois bandidos tiveram de arrastá-lo até a cabine do trator, amarrando-o no assento. Lá ficou sentado, amarrado também no trajeto de volta, sujo, vomitado, e mudo. Quando na metade do caminho o trator chegou ao cimo de uma colina, o motorista o soltou e perguntou: Quer que a gente descanse um pouco. Ele sacudiu a cabeça com ar distante. A lua brilhava em seus olhos que reluziam mortos como neve. E começou a rezar no meio do barulho do trator. Gaguejou um pai-nosso atrás do outro até se avistarem as casas da aldeia. Lá ainda hoje se acredita que aquele enterro foi o fim dele. O comunista dândi não foi o único tomado de terror naquela noite. Quando o diabo os capturou, seus dois capangas alugados também ouviram soar o sininho da morte. O motorista começou a ir à igreja e contava a todos os que queriam ouvir a respeito daquela noite de enterro. O comunista perfumado foi removido daquela região. Jamais cessou o boato de que o motorista não apenas enterrara como também envenenara pessoalmente o cavalo. Ele desapareceu por pouco tempo, e na aldeia pensavam que estava preso como merecia. Mas ele voltou, e alguns dias depois só tinha a mão esquerda. Como todos na aldeia o conheciam, quis desaparecer e pediu emprego de sacristão em outra aldeia, onde foi aceito. Lá ele dizia que perdera a mão na guerra. Encontraram a mão no pote de farinha em sua cozinha, depois que ele se mudou. Como nos anos depois da guerra só aleijados eram aceitos como sacristãos, ele decepara a própria mão.

Paul preparou café, a água chiava no fogo, e um melro voou diante da janela da cozinha, pousou no peitoril e ficou bicando a própria sombra.

Antes eram dois, disse Paul, depois encontramos um junto da entrada, coberto de formigas.

Paul mexeu o café, a colher retiniu, botei o dedo nos lábios.

Pshh.

Podemos continuar falando, ele vai voar logo de qualquer jeito.

Mas largou a colher sem ruído. Na mesa diante de minhas mãos o pote vermelho de café, a marmelada amarelo-ovo e as fatias brancas de pão. Lá fora um céu vertical, o bico amarelo-pálido e penas de breu. Cada objeto contemplava os demais. Paul serviu café nas xícaras, o vapor enroscava-se no seu pescoço. Bati com a ponta do dedo na xícara, e com o dedo quente apontei para a janela — o melro voou, o café estava quente demais.

O comunista perfumado foi transferido para o viveiro, eu disse, e lá ficou. Mas o efeito do cavalo branco ainda continua, até hoje o homem se recusa a ser da infantaria, e desde então não trabalhou um dia sequer. Como não servia nem para chefe nem para trabalhador, tornou-se supervisor e assim ficou. Aprendeu nomes de plantas em latim, e as recitava como uma oração. Nos domingos ia passear com mulher, filha e filho, e mais tarde eu acompanhava. Ele quebrava um galhinho dos arbustos, sempre bem reto, arrancava as folhas e com esse pauzinho apontava para as sempre-vivas no caminho, dizendo *Vinca minor*, e tudo o que sabia a respeito. Ao lado de um banco dizia *Aruncus dioicus*, e tudo o que sabia sobre barba-de-bode. E no caminho seguinte, *Epimedium rubrum* e *plumbagum*. Ao lado de uma cova crescia uma *Hosta fortunei*. A gente tinha de parar e escutar o que ele dizia. Meu marido disse que antigamente o velho era mais severo ainda. Se ele ou sua irmã riam, o velho ficava dias e dias sem lhes falar. No último verão, quando ainda morava com eles, eu quis apanhar margaridas para um vaso nos fundos do jardim. Lá vi meu sogro junto da nogueira falando sozinho, alto, e não falava apenas com a boca mas com pés e mãos. Estava tão absorto que só me percebeu quando eu estava ao seu lado. Ele sabia que eu devia tê-lo visto todo o tempo enquanto me aproximava, sorriu sem pudor, e perguntou o que eu devia ter-lhe perguntado:

Está com dor de cabeça por causa do sol.

Não, eu quero apanhar margaridas.

Você está bem de verdade.

Sim, e você.

Como estou, ainda com o nariz no meio da cara.

Eu também, e mesmo assim você perguntou.

Não posso me queixar, ele disse.

Pensei se não haveria dois exemplares dele. Um próximo e calmo, o outro distante e cheio de murmúrio de mortos. Para os espantar ele tinha de sacudir sua carga. Secretamente, quando possível. Quando não, então publicamente, mas de modo que a gente o admirasse em lugar de sentir pena dele. E o melhor jeito de fazer isso era dançar. Estávamos sozinhos em casa, eu e ele. Meu marido e minha sogra tinham coisas a fazer na cidade naquela tarde. Não apanhei mais margaridas, não por medo dele mas das margaridas brancas...

De nada adiantava para ele saber nomes latinos das plantas. Suas mãos não aprenderam nada exceto enxertar rosas. Dois anos antes, a floricultura tivera de preparar coroas para o enterro solene de um diretor de fábrica, vinte coroas do tamanho de pneus. Meu sogro queria se exibir e mandar trançar algo muito especial. Encomendou lírios-de-fogo e samambaia em lugar das eternas coroas de cravos e hera. Mas no Cemitério dos Heróis, em lugar de coroas apareceram apenas farrapos marrons. Depois de trinta anos ele ainda não sabia que lírios-de-fogo murcham em meia hora. Quiseram despedi-lo, mas ele tinha a engenheira-chefe a seu favor. Vinte e oito anos mais moça que ele, bem-feita de corpo e recém-saída da faculdade, ela andava interminavelmente de um lado para outro e comandava melhor que ele. Os dias de trabalho eram longos, o céu quente, o verão verde. Meu sogro começara a agarrar a nova engenheira-chefe na passagem de junho para julho, quando crescia folhagem densa nos arbustos. Ela não protestou. Não havia muitos piolhos nem pulgões naquele ano, os dois tinham tempo disponível. A inspetora dos pulgões assegurou ao diretor que lírios-de-fogo em geral têm vida longa. Que naquele verão em viagens de estudos ela já ouvira falar no míldio francês que atacava os cemitérios, pois nos cemitérios não se combatem parasitas, para não perturbar o sossego dos mortos. E quando o míldio chega perto de plantas ornamentais frescas, a flor murcha imediatamente, toda vez. Com cravos teria ocorrido exatamente o mesmo, disse ela ao diretor. E este acreditou na ciência dela, pois a dele, embora estivesse perto da aposentadoria, não ia muito além da diferença entre cravos e camélias.

Eu teria gostado de saber quantos do nosso bloco de apartamento, das lojas lá embaixo, da fábrica ou da cidade inteira já foram convocados. Certamente acontece algo no prédio de Albu em cada dia da semana, atrás de cada porta no corredor. O cara da pasta, que correu para pegar aspirina, não o estou vendo no carro. Talvez tenha perdido o bonde, ou ele estivesse cheio demais. Se tiver tempo, pode esperar o próximo. Ao meu lado sentou-se uma mulher, a bunda mais larga do que o assento, além do mais abriu as pernas e enfiou uma bolsa entre elas. Sua coxa roça em mim, ela remexe a bolsa e retira um saquinho de papel de jornal com manchas da cor de sangue. Tira do saquinho um punhado de cerejas, logo cerejas. Cospe as sementes na outra mão. Não perde tempo, nem chupa direito os caroços onde ficam grudados restos de polpa. Por que tanta pressa, ninguém vai devorar as cerejas dela. Quem sabe alguma vez ela foi convocada ou será convocada no futuro. Logo sua mão estará tão cheia de sementes que nem poderá mais fechar os dedos. Por mim poderia cuspir as sementes no chão ou deixá-las cair disfarçadamente, eu não me incomodaria. Há pessoas de pé até junto do condutor, elas provavelmente também não se importam. O condutor só encontrará as sementes à noite e vai se aborrecer porque terá de varrer o bonde, mas haverá outros restos do dia no chão. Em que será que o velho oficial estava pensando com Lili. Todo ano tem o tempo das cerejas, que dura de maio até setembro, desde que o mundo é mundo, quer a gente queira quer não. De que é que isso adiantou para ele, na prisão não há nenhuma. Bom que o bonde agora esteja tão lotado, com Albu terei espaço mais do que suficiente. E no caminho para casa, se hoje ainda houver um para mim. Quando fica tarde transitam poucos bondes. Vou esperar, subir junto com uns poucos passageiros e sentar nessa insensata luz amarela. Talvez algum deles coma cerejas mais tarde, quem sabe depois do jantar. No que me diz respeito, ele que coma à vontade.

Só dois dias depois procurei meu senhorio. Paguei as dívidas, dois mil *lei*. As mãos dele eram recobertas de uma pele tão fina como a de seu rosto. Contei as notas que punha nas mãos dele, e ele disse que estava contando só em pensamento, mas eu o ouvi sussurrar. Uma nota amassada caiu no chão, eu a levantei mas não a alisei, ficou ali esquisita, e a mão do meu senhorio não a agarrou com firmeza. O velho era ainda pior para receber do que eu vendendo no mercado de pulgas. Em que ele estaria pensando quando disse:

Meu Deus, minhas mãos estão sujas de cascas de batata, estou preparando purê para mim hoje. A senhorita gosta.

Eu já comi.

Com carne em tirinhas e salada.

Nesse momento vejo um cabo de madeira emergindo do seu bolso, e é de uma faca. Quando toquei a campainha ele não deixou a faca na cozinha, enfiou-a no bolso. Ou ele esperava alguém e queria ficar com a faca à mão, ou esqueceu a faca na mão e só ao abrir a porta pensou que uma faca pode assustar uma visita. Contei depressa as notas na mão dele para poder ir embora logo. Mas então fizemos um negócio. Ele sorriu e pipilou e comprou minha geladeira e os tapetes, e me deu cem *lei* a mais do que o que recebera de mim. E quando ele volta com a nova nota de cem, a faca ainda está no seu paletó, porque a esqueceu novamente ou porque a manteve de propósito.

Estou me mudando para morar com um homem e uma moto, eu disse.

Aquele do mercado de pulgas, ele disse.

O senhor o conhece, perguntei.

Se for aquele.

O senhor também estava no mercado de pulgas.

E na reserva de caça, ele disse. Eu só vou procurar um novo inquilino no inverno, aí o apartamento fica mais caro. Não para a senhorita, se algo der errado volte para cá.

Foi por isso que o senhor comprou a geladeira e os tapetes.

Comprei porque precisava.

Por um momento eu achei que ele dissera: Porque precisava de você, e disse:

Eu estou morando agora naquele na torre inclinada.

Ele sabia onde ficava.

Na primeira manhã na torre inclinada, Paul e tínhamos falado até o sol ficar no meio do céu. Eu já me admirava de quanto a gente tem de lembrar os pais e as mães apenas para dizer de onde cada um de nós veio até encontrar o outro. Lenços, gorros, carrinhos de bebê, pessegueiros, abotoaduras, formigas — até poeira e vento tinham sua importância. É fácil falar de anos ruins quando eles já passaram. Mas se tivéssemos de dizer quem somos agora, só haveria um silêncio incômodo.

De tarde Paul foi até a loja e comprou uma garrafa de vodca amarela de capim-de-búfalo. O sol ia para o poente, a cachaça ia direto para a cabeça de Paul. Uma formiga corria na mesa da cozinha, Paul sacudiu sobre ela um pauzinho de fósforo.

Cadê a formiga, foi para o mato.
Cadê o mato, virou lenha.
Cadê a lenha, foi para o fogo.
Cadê o fogo, entrou no coração.

De repente o fósforo pegou fogo, parecia magia negra, pois a caixinha estava na outra mão de Paul debaixo da mesa. O fósforo entortou, a chama lambeu seu polegar. Paul soprou, eu vi o fio de fumaça.

E o coração parou.
E as formigas se foram.

Paul não estava bêbado, só alto. Sua embriaguez era mais externa que de dentro. Não acho graça em formigas passando pelo coração, mas Paul riu tão alto que eu também senti cócegas na língua. Seu pilequinho me contagiou, naquele tempo a vodca ainda não tinha sinal de sombra, e eu não tinha nenhum medo da bebedeira de Paul. No primeiro meio ano, Paul não bebeu tanto; à noite, o talo de capim estava pela metade no líquido. E nas primeiras semanas, quando voltava do trabalho, ele ia até a sacada. As fagulhas da solda e como se apagavam depressa. Cadê o fogo, eu sempre via só fósforo e formigas no coração. Às vezes Paul assobiava uma canção, tão desafinada que parecia mais limar ferro do que música, soava tão falso, aquilo. Cada semana ele aprontava uma antena inteira, e havia quase o suficiente para um domingo no mercado de pulgas e um monte de dinheiro. Mas Paul não teve chance de vender nada. Dois rapazes bateram na porta.

Trabalho clandestino e infiltração de canais estrangeiros no Estado, disseram.

Sem perguntar, embalaram ferramentas e canos de ferro em sacos que tinham trazido, e desceram com eles pelo elevador até um caminhãozinho de carga que víamos da janela da cozinha. Botaram as antenas prontas na escada. Paul disse:

Quando pegarem tudo, fechem a porta.

Ele pegou a garrafa de cachaça na cozinha e trancou-se. Eu me encostei na parede, na escada, para não atrapalhar, e fiquei olhando os dois. Levavam as antenas a pé pelas escadas, uma em cada mão. Passos apressados reboando e o eco, uma fera assustada com um cadáver roubado. Não faziam nada sozinhos, foram e vieram juntos, umas três vezes. Da última vez um deles inflou as bochechas, cansado, vi sua camisa grudando nas costas, e ele disse:

Nós temos de.

Faça seu trabalho, eu disse, só não tente me dar explicações.

Deixei que se fossem com sua presa, depois sumiram e eu tive de bater com punho fechado na porta da cozinha até Paul abrir. A cachaça acabara, e Paul andava pelo aposento com mais pés do que tinha, saiu para a sacada e berrou:

Aquela espiã está ali sentada assistindo a tudo!

No edifício residencial do outro lado, dois andares abaixo do nosso, havia uma mulher sentada na sacada costurando.

Deixe a mulher costurar em paz, ela nem está olhando para cá.

Ela que costure onde quiser, mas não na sacada.

Mas a sacada é dela, e não tem nada a ver com você.

Veremos, disse Paul.

Cambaleou até o quarto e trouxe uma cadeira. Subiu em cima dela como uma criança desajeitada. E enquanto eu imaginava por quê, e o segurava para que não caísse, ele baixou a calça e começou a mijar da sacada para a rua. A mulher juntou suas costuras e entrou no quarto.

Na fábrica de motores houve uma reunião por causa dos tubos de ferro roubados de Paul, e ele foi demitido. Os camaradas do seu setor ficaram sentados no fundo, mudos como montes de bosta na macega, disse Paul. Naquele tempo todos roubavam, e ainda roubam hoje, e em casa fabricam regadores, moedores de café, ferros de passar roupa, aquecedores, tesouras para fazer permanente, e os vendem bem. Metade deles é um Nelu, não é preciso escrever bilhetes, eles têm outros modos.

Paul não é convocado, mas também não o poupam. Quando me mudei para o apartamento dele, ingressei nos seus dias. Com o meu hálito qualquer vida, mesmo a mais calma, teria sido tumultuada, ninguém que me pertencesse seria ignorado. Paul é punido junto comigo. Mesmo nos dias em que não sou convocada, pisoteiam meu coração porque estão atrás de Paul. Foi ele quem sofreu o acidente, não eu. O resultado é o mesmo se ameaçam a vida dele por minha causa ou porque acham que ele merece. Mas nunca é a mesma coisa. Antes do acidente, Paul tinha mais dificuldade em esperar do que eu. Quando ele estava nas suas rondas de bebedeira na cidade, eu esperava até ele voltar. Ele, por sua vez, quando eu era convocada, esperava a minha volta. Desde o acidente, minha espera é igual à dele.

Quando penso e repenso em todas as pessoas com pentes, só tenho certeza de duas em quem posso confiar. Lili caducou, resta apenas Paul. A gente lê seus pensamentos, diz o major. Se for verdade, eu teria de ler nas pessoas se também são convocadas, pelo menos os vizinhos. Pode ser que vejam Albu em mim, mas não o revelam.

No ano passado, em setembro, o velho Micu, que mora embaixo ao lado da entrada, me disse que fora convocado em abril.

Por sua causa, ele disse.

Como se eu tivesse culpa. Quando vim morar com Paul na torre inclinada, ele me tratava por senhora. Desde que foi convocado, e como eu fui a culpada, ele me trata por você. Ele foi motorista do diretor da fábrica de sapatos, e, robusto como é, certamente também funcionava como uma espécie de guarda-costas, diz Paul. A sra. Micu era secretária na Escola de Música. Eles têm dois filhos que raramente lhes escrevem e nunca aparecem. Paul fala seguidamente com o sr. Micu, mais sobre a sra. Micu do que sobre si próprio e sobre o marido dela. Ela tem a idade dele e desde a aposentadoria não sai de casa. E ele passa o dia todo na entrada do edifício ou na Ladenstrasse procurando alguém com quem falar.

Estava sentado na entrada, na escada, comendo uvas pretas recém-lavadas, quando voltei para casa. Levantou-se e me acompanhou para dentro, e as suas uvas pingaram água até o elevador. Só quando eu tinha apertado o botão e o elevador começou a subir matraqueando, ele me disse que fora convocado por minha causa.

E por que foi até lá, eu disse. Eu tenho de ir porque sou convocada por mim mesma. Se fosse por causa de outra pessoa, eu não iria.

Quem é que vai acreditar nisso, ele disse.

Com polegar e dedo médio ele arrancava as uvas mais depressa do que eu podia contar. Com a boca perto da minha orelha, cada bago respingava quando ele mordia. Esticava o dedo mínimo, afetado, o que deixa um homem como ele, cuja dentadura range na hora de comer, mais feio ainda. Perguntou se eu queria uns bagos, porque não tirava os olhos de sua mão.

Não estou lhe reprovando nada, ele disse.

Mas o que é que o senhor quer.

Eu também tenho filhos.

Não se se faz confidências a filhos, eu disse.

Quando o elevador chegou embaixo e a porta se abriu, ele meteu a cabeça dentro, como se, não havendo ninguém no chão, ele mesmo assim pudesse descobrir alguém no teto. E enfiou o pé na porta aberta.

Eu estava esperando você aqui porque nunca se sabe quando chega. Preciso anotar.

Um de seus olhos espelhava a última caixa de correio atrás de mim na parede, ou era apenas a pupila de seu olho que se tornava branca e quadrada. Nem olhei seu outro olho para comparar, pois ele sussurrou:

Já enchi dois cadernos escolares, eu mesmo tenho de comprá-los.

Ele arrancara todas as uvas, e de cada caule fino do cacho ainda pendia um farrapo de pele roxa. Então olhou as caixas de correio até a entrada.

Eu não lhe disse nada, eu jurei que não diria, o que quer dizer jurar, tudo por escrito preto no branco.

A sra. Micu passou a metade da vida jogando na loteria. Depois que se aposentou, jogava cada vez mais. Ela sempre soube que um dia na vida lhe cairia nos braços uma grande fortuna. E quanto mais o tempo passa, mais ela acredita nisso. Todas as quartas-feiras quando se anunciam os números premiados, ela espera vestindo o seu vestido de domingo, de flores vermelhas. No vestíbulo estão seus sapatos de verniz marrons para serem calçados assim que o mensageiro da loteria tocar a campainha. Em geral ninguém toca a campainha nas quartas-feiras porque no edifício já se conhecem as manhas daquele dia da semana. E se a campainha toca, é quando muito o carteiro ou algum vizinho esquecido. Quando a sra. Micu fecha de novo lentamente a porta, em seu vestido de domingo, se sente mais uma vez ludibriada. Então tudo desmorona, ela enfia a cara na poltrona e soluça. O sr. Micu quebra alguns pratos na parede e varre os cacos. Depois se controla e consola a mulher. Logo vem o programa musical na rádio local. Tudo se ajeita no decorrer da semana, até chegar a quarta-feira e recomeçar tudo. Paul a escutou muitas vezes chorando atrás da porta, e perguntou ao sr. Micu como é que ele agüenta. Este disse que se acostumara àquela cruz. Exatamente como, quando ainda era motorista e ela secretária, se habituara a que ela vasculhasse a escola e procurasse por toda a cidade o que ela chamava de rubis, mas que eram apenas caquinhos de vidro vermelho. Ela sempre teve uma veia artística, ele disse. Quando a primeira caixa de cacos de vidro ficou cheia, ela a carregou até o museu municipal e depois até o ourives. No fim ela ameaçou se matar, então o sr. Micu a enviou a um relojoeiro, pagando-lhe antes alguns drinques no bar, para que alguém finalmente confirmasse à sra. Micu que a caixa estava cheia de rubis. A história do vestido de domingo nunca vai mudar, toda quarta à noite ele será recolocado em silêncio no armário, e uma vez ou outra haverá choro. Mas não se fala mais em suicídio. O relojoeiro valeu a pena, diz o sr. Micu, eu teria me poupado muita coisa se tivesse pensado nisso antes.

Pouco depois de eu me mudar para o edifício da torre, vi a sra. Micu encostada na parede atrás da entrada. Estava de meias e com um penhoar. Nas suas faces rebrilhava uma penugem, um pêlo macio em torno do queixo, ao longo dos lábios um bigode mais denso, retorcido em direção de cada narina. A sra. Micu chupava o indicador e esfregava o cuspe ao redor dos olhos como os gatos quando se lavam. Fui até o elevador. Ela chamou sem sair do lugar:

Senhorita.

E me mostrou um caco de vidro vermelho.

Você já viu um rubi desse tamanho.

Nunca, eu disse.

Seria algo para a rainha da Inglaterra, acho que vou mandar para ela, o que lhe parece.

E se for roubado no correio.

É verdade, ela disse, e o escondeu no vestido.

Ela deve ter sabido algo das anotações do sr. Micu. Muito antes de seu marido me fazer confidências, lá estava ela no meio da entrada quando eu chegava da cidade à tarde, e usava um pano de secar pratos como xale. Barrou meu caminho com o braço e disse:

Primeiro você foi, depois Paul. Mas só Paul veio.

Agora eu estou aqui, eu disse.

Depois dele, ela disse, e eu tive Radu com quatro quilos, depois Emil com quatro quilos e duzentos e cinqüenta gramas. Não estou contando Mara, meu marido não quis que ela viesse. E depois veio de novo Emil, duas vezes, isso é impossível, mas naquele tempo a gente podia ter gêmeos separados.

Ela não sabia mais o que era pano de prato ou xale. Mas o peso de seus filhos ao nascer, isso ela recitava como meu avô recitava a medida dos tijolos de barro do campo de concentração.

Em parte por despeito porque ele anotava meu ir e vir e sabe lá o que mais, em parte por gratidão por ele ter confiado em mim, comprei um caderno escolar para o sr. Micu. Queria que ele ficasse inseguro por ter de anotar suas observações sobre mim num caderno que eu lhe dera de presente. Queria paralisá-lo com minha cortesia, porque brigar não adiantava nada. Não era quarta-feira, portanto toquei a campainha, e o sr. Micu abriu com um pão com banha meio comido na mão. Os grãos de sal rebrilhavam. Ele sacudiu a cabeça.

Grande demais.

Eu não sabia.

Os meus são pequenos e mais grossos.

Por que não escrever num maior, eu disse.

Ele tem de caber no bolso do paletó, ele disse, não, não.

Desde então eu anoto naquele caderno tudo que Albu me diz ao beijar minha mão, ou quantos paralelepípedos, sarrafos, postes de telégrafo, janelas tem de um ponto a outro. Não gosto de escrever porque coisas escritas podem ser achadas, mas preciso fazer isso. Muitas vezes as mesmas coisas no mesmo lugar mudam de quantidade de um dia para outro. À primeira vista tudo está exatamente igual, mas quando se conta, não está. Ou quando se brinca de desenhar com os dedos — fechar os olhos e com o dedo desenhar o contorno de nuvens, a beirada de telhados, folhas trêmulas nas árvores ou forquilhas quando as árvores estão nuas. Quando mais altos os objetos, mais fácil de desenhar. Muitas vezes me esgueirei com o dedo pela torre da igreja subindo na vertical de baixo até a ponta, e as torres da casa sob o galo dos cata-vento. Desenho as antenas de Paul, que parecem chifres mesmo quando estão nos telhados, desenho até as pontas mais fininhas. Mas me concentro nas antenas dele, as outras não desenho. Antigamente eu costumava pegar pedrinhas da beira do caminho para me ajudar a praticar o desenho. Desde quando encontrei o pacotinho embrulhado como bombom em minha bolsa, eu uso só meu indicador, e com ele sigo as curvas mais sutis. Não verifiquei se o dedo decepado podia ser dobrado.

Uma vez fiz o desenho de Lili. Ela estava um lance de escadas acima de mim na entrada da fábrica, e se virou de modo que eu podia vê-la de perfil. Mostrei a ela como sua testa era reta, o nariz indiferente, queixo e pescoço brancos leitosos — como vidro congelado. Mesmo àquela distância, meu dedo sentia a diferença entre a pele de Lili e os objetos. Quando cheguei na curva do ombro, Lili botou as mãos nos seios:

Me faça transparente, ela disse, você com certeza consegue.

Não consegui, só desenhei o lado mais perto de mim, o braço de trás estava escondido quando Lili disse:

Agora é tua vez.

Mas não deu, pois ouvimos passos no corredor, Lili desceu a escada correndo. Suas sandálias tinham só duas tiras fininhas, seus tornozelos saltavam, seu vestido esvoaçou. Ali debaixo, as coxas de Lili chegavam até seu pescoço. No pátio ficamos rindo, ela mais alto que eu, mas então ela chorou, possivelmente estava chorando desde que começara a rir. Quando eu engoli o ar, ela riu de verdade, enxugou os olhos e disse:

É só água. Você se lembra de Antônio, o negociante de objetos de couro.

O da verruga no nariz.

Não, aquele era o fotógrafo.

O que foi para o interior.

Isso. Ele ficou com os pulmões cheios de água e não saía mais. Morreu aqui no hospital anteontem, e eu nem sabia de nada. Você lembra como fomos flagrados.

Não, nem me lembrava que ele se chamava Antônio.

Bateram na porta, dois inspetores parados ali, e eu só de roupa de baixo. Os dois engoliram como você acabou de fazer. Sentaram-se, cada um numa pilha de casacos de couro, apoiaram o queixo na mão e cochicharam entre si. Antônio segurava uma saia de couro na minha frente, depois outra, como se eu fosse uma cliente. Uma saia maior que a outra, para que nenhuma servisse em mim. Então mediu meus quadris com fita métrica, a bunda e a coxa até o joelho. Numa pessoa tão magra, um bezerro dá para uma saia, ele disse, piscando e olhando os fiscais. Escreveu a medida em centímetros numa caixa de bombons que estava ali desde que eu o conhecia, e prendeu o lápis atrás da orelha. A senhorita não tem barriga, duas costuras atrás, é só isso, nenhuma outra costura. Então ofereceu bombons. Um dos inspetores pegou uma porção, o companheiro mandou Antônio passear por uma hora. E eu devia ficar ali. Antônio fechou a caixa de bombons e botou os dois homens para fora, dizendo:

Prefiro matar vocês a pau.

Por isso teve de se mudar para o campo.

Você teria gostado de ter continuado.

Sim.

Mas me disse, aquela vez, que finalmente estava livre dele.

E era verdade.

Mas depois acabou sentindo falta dele.

Nenhuma, disse Lili.

A que comia cerejas ao meu lado esvaziara a mão deixando cair todas as sementes em um espaço na sua bolsa cheia, e amassou o saquinho vazio enfiando-o por cima. Esfregou uma na outra as mãos meladas, depois as duas no vestido. Não se vêem as manchas no estampado de flores vermelhas. Vejo um braço esticado para cima com a pasta, também vejo a cabeça. Onde ele andou até agora — é claro que conseguiu embarcar no mercado. Provavelmente não tem tanto tempo quanto eu pensava. Ou o empurra-empurra não lhe incomoda. Há gente que é abusada porque quer provocar uma briga. E ainda tem sorte, pois há covardes que deixam tudo acontecer e não reclamam. A comedora de cerejas se levantou e abre caminho com dificuldade no corredor. Na próxima parada eu também devo descer, muita gente desembarca ali. Dobrando a esquina ficam os ônibus para o interior. Pessoas com cestos, sacos e jarras desembarcam todas ali e da estação rodoviária viajarão para suas aldeias. Também o da pasta desembarca ali e vai para o interior, ou mora aqui perto. Possivelmente temos o mesmo caminho, talvez ele trabalhe lá onde sou convocada. Talvez ele siga por mais algumas estações, alguns ficam perto da porta, mas nem desembarcam na parada seguinte. A comedora de cerejas sorri para mim com gengivas escuras. Vai abrindo caminho para a porta de trás. Se for preciso eu abrirei caminho até a da frente, fica um pouco mais perto daqui. Será que a mulher quer plantar as suas sementes de cereja. O meu avô disse que no Baragan há sementes silvestres que só germinam depois que os pássaros as comeram e cagaram de novo. Mas sementes de cereja têm de secar ao sol antes de entrar na terra, só então crescem as árvores. Se todas as sementes germinarem, ela está carregando um bosquezinho de cerejeiras para casa. Pessoas cambaleiam para a frente, para trás, todas ao mesmo tempo. A bolsa com sementes no meio de tudo isso. O condutor toca a campainha e berra para fora da janela: Você quer morrer. Por que não vai para seu quarto em vez de ficar vagabundeando aí nos trilhos. Depois grita dentro do bonde: Por que todo idiota se levanta de manhã. Será que o condutor fala sozinho ou conosco, o que é que ele sabe da vida. Eu por exemplo ficaria deitada se pudesse, mas Albu sem dúvida se levanta de manhã.

Toda noite, quando eu voltava do depósito para casa, no começo nem enxergava nada no escuro atrás da alameda, mas depois os olhos se habituaram à noite e enxergaram cada vez mais. Eu contava portões de casas. Eles se juntavam, se separavam, daqui até ali as mesmas casas, mas os portões tinham sempre números maiores. Quando eu entrava na nossa rua, desenhava o telhado da fábrica de pão com uma pedrinha na mão, recuperando da noite cada chaminé e galos de cata-vento, para me contrapor ao engano dos portões. Eu tentara contar para me distrair do escuro, por tédio. Mas os números preferiam que eu estivesse confusa a segura. Então eu brincava de desenhar as coisas com os dedos, antes que eles conseguissem fazer a rua inteira ficar contra mim. Depois que eu vi a moça das tranças no ônibus, parei de me distrair contando portões de casas. E mesmo assim o tempo passava. Só um dia, depois de ter saído da cidadezinha havia tanto tempo que nem reconhecia mais os galos dos cata-ventos da fábrica de pão, entrei numa ruela atrás do correio e disse na minha cabeça:

Clarinetas na mesa.

Começou a chover. À minha frente caminhava um homem que abriu seu guarda-chuva, e eu fiquei parada. Quando o guarda-chuva ficou do tamanho de um chapéu no outro extremo a rua, eu o desenhei no ar. E recomecei a desenhar com o dedo. Bote as clarinetas na mesa, dissera Albu, porque eu revirava o botão grande da minha blusa. Botei as mãos na mesa, mas me esqueci de mantê-las lá, e ele repetiu. Nesse dia Albu achou um cabelo no meu ombro. Passou os dedos pelo meu rosto quando o pegou. Seu perfume estava bem próximo, poros bem barbeados debaixo do queixo, tufos de pêlos cada vez mais ralos subindo pelas faces como madeira polida. Ele segurou o cabelo com dois dedos esticando os outros três e estava prestes a deixá-lo cair no chão. Ele que se aposse dos cabelos da minha cabeça e os enrosque no indicador e me puxe para onde quiser. Mas cabelos caídos devem ficar onde estão. Certamente Albu queria outra coisa quando se levantou e puxou o punho da camisa sobre o relógio de pulso. Ele jamais teria visto sequer um fio de cabelo no ombro de Lili. Será que finalmente esqueceu seu objetivo, como eu esqueci o nome do seu amargo perfume, ou decidiu adotar uma tática diferente. Mas eu jamais confundiria o odor de seu perfume, tanto fazia que se chamasse Abril ou Setembro, voltei a girar meu botão grande e disse:

Bote o cabelo onde estava, ele é meu.

Eu me assustei com o tom de minha própria voz, e esperei ser punida depois do que dissera. Ele recolheu os dedos esticados, acho que contemplou o desenho de furinhos na ponta de seus sapatos para decidir o que faria. E eu fitava a luz que vinha da janela. E lá estava o lápis roído, e os dedos de Albu estavam no meu ombro. Ele realmente devolveu o cabelo. E então gritou:

Clarinetas na mesa.

Parou diante da janela de costas para mim, balançou a cabeça, os cabelos fundindo-se um no outro na claridade, uma bela pelagem na nuca, e riu para a árvore lá fora, virou-se para mim e ajeitou a bunda no peitoril. Apoiou um sapato no salto, a ponta erguida em vertical, mostrando a sola limpa, e não conseguia parar de rir. Um acesso de riso como o meu. A orelha dele brilhava esverdeada, as folhagens se apossavam daquela cartilagem um pouco curva. Do que ele estava rindo, a coloração esverdeada indicava a saída dele deste mundo, não a minha. Um pouco de vento, e a árvore teria abocanhado aquele acesso de riso. Eu em seu lugar não estaria rindo naquele momento.

Agora o bonde pára ao lado da estação rodoviária, todos se comprimem e eu estou de pé no meio do carro. O cara da pasta gritou para o condutor por cima das cabeças: Deus do céu, quanta gente idiota. E o homem atrás dele coça o queixo e diz: Cuidado, seu bicho-da-seda, ou piso com o salto do sapato no seu bigode e você vai levar os dentes para casa dentro do lenço. O cara da pasta nem tem bigode. Mas o que falou assim tem. Os dois desembarcaram. O da pasta virou-se para o brigão, que ergue o dedo como se faz para ameaçar crianças e ri. Seus braços são compridos e musculosos, os dentes brancos, ele está levando a coisa a sério. Hoje ainda há de encontrar alguém para aleijar a socos. O da pasta é bom demais para isso, deve estar pensando, melhor passar vergonha mas escapar com a pele intacta, melhor sair depressinha do que ter as roupas sujas de sangue. E seria o seu próprio sangue, no calor da raiva ele haveria de sucumbir. Encolheu os ombros e tomou a direção oposta à minha. Portanto não trabalha no lugar para onde sou convocada. Pena, se trabalhasse, pelo menos eu conheceria alguém de lá, não melhor mas diversamente de como conheço Albu. Um homem que foi humilhado, espezinhado no pó sem reagir. O condutor berra: Depressa ou só saímos daqui no Natal. A comedora de cerejas já saiu, vai até o latão de lixo e bota fora o saquinho de papel amassado. Pela janela voa um gorro bem na cara do condutor, um homem o jogou lá dentro. Seu cabelo está desgrenhado, a calça mijada, a camisa ensangüentada. Uma ferida recente na testa. Ao lado dele um saco amarrado, dentro do qual algo esperneia. O condutor joga o gorro para fora: Fique com seus piolhos. Espere até eu chegar, por favor, ri o homem, eu vou subir. No meu bonde não, diz o condutor, não sou limpador de latrinas, isto aqui é um bonde. Desde esta noite às duas horas e sete minutos desta madrugada eu sou pai, diz o homem, e cambaleia. Tenho um filho, minha mulher está na maternidade. E o que tem aí no saco, pergunta o condutor. Um cordeirinho, diz o homem, vou dar de presente ao médico e beijar as mãos dele, que valem ouro. Ele quer botar o gorro na cabeça mas não encontra a cabeça. Então o enfia no bolso da calça. Nem pensar, diz o condutor, se teu filho mijasse no meu bonde eu não o poria para fora porque ele ainda não sabe caminhar. Mas você, não. O homem arrasta o saco pelos trilhos e se aproxima da porta. Os que estão desembarcando o empurram. Ele mete o pé no meio da escada. O condutor se levanta e o empurra para baixo. Ele cai. Ei, chefe, não me deixe aqui, me leve junto, olhe que o seu filho vai ficar cego... O condutor cospe na escada, fecha a porta e parte. O cordeiro no saco deu um berro curto. Quem sabe as rodas tenham passado por cima dele. Estou rodeada de pessoas querendo descer, mas todas estão caladas. O condutor diz: Não é longe, eu deixo vocês todos saírem na próxima parada. Não é longe, para ele é fácil falar, mas eu terei de voltar correndo. Na próxima parada serão quinze para as dez.

Eu sei, a gente pode dar passos largos, caminhar e respirar. Não olhar os sapatos nem um ponto no ar, para que tudo não comece a boiar. É preciso olhar tudo em volta como quando se caminha devagar, assim se avança quase tão depressa como correndo, e não se cansa. Mas para isso o caminho teria de estar livre, os dois na minha frente teriam de finalmente me dar espaço. Eles carregam melancias numa sacola de malha que balança entre eles. O vendedor cortou um triângulo em cada melancia. Certamente levou esse pedacinho com a faca até a boca para saborear, e depois fechou de novo as melancias. Esses dois só têm melancias maduras na sacola. Melancias abertas apodrecem depressa, é preciso comê-las no mesmo dia. Será que os dois têm uma família tão grande assim. Ou os dois hoje só vão comer melancia, ao meio-dia, de tarde e à noite, cinco melancias frias, com pão para não terem diarréia e calafrios. Melancias quentes têm gosto de barro, precisam ser esfriadas. Em nenhuma geladeira cabem cinco melancias, quando muito na banheira. Meu avô dizia:

Antigamente a gente deixava as melancias no poço. A água as torna leves, elas flutuam. Depois de uma hora a gente pode pescá-las com o balde e comer. Na primeira mordida a boca dói como se fosse neve, mas a língua se acostuma. Melancias geladas demais são uma armadilha, ficam muito macias, a gente come demais e o estômago congela. Todo ano morria gente de comer melancias do poço, também na cidade. Ninguém morre de comer melancias da banheira, mas muita gente morre na banheira. É, de manhã a gente pode se lavar com água quente, ao meio-dia esfriar melancias, e à tarde matar cordeiros e gansos e lavar o sangue, e de noite tomar outro banho quente. Tudo na banheira. E quando se está farto de melancias, cordeiros, gansos e de si mesmo, pode se afogar na banheira, disse o meu avô, ah, sim.

No rio seria melhor, eu disse.

Mas não temos rio aqui por perto, seria preciso sair procurando água, e até que nos encontrassem a gente estaria irreconhecível. Cadáveres de afogados são medonhos. Quem se cansou da vida, é melhor preparar pela última vez roupa limpa e morrer tranqüilamente na banheira, em casa.

Se contarmos as sombras dos dois, são quatro pessoas carregando melancias. Às vezes, as pessoas precisam só de uma melancia, mas pegam tantas porque são baratas, deixam-nas apodrecer, e ainda acham que economizaram. Caminho para perto da sacola, faço barulho para anunciar minha presença, mas o barulho dos automóveis é mais alto. Por que puxam assim a sacola, cada um para um lado, isso não a torna mais leve.

Licença.

Não, eles não escutam, preciso dizer mais do que isso.

Rosas-trepadeira crescem entre as casas, nos canteiros de legumes o aneto alto cresce incansavelmente no vento, a poeira deixa sonolentos os lírios vermelhos preguiçosos, preparando-se para o calor do meio-dia. Varais esticados entre as árvores frutíferas, muitos pessegueiros e marmeleiros. Penhoares e aventais, ainda úmidos nos pontos escuros, pegam poeira antes de secar. Eu nunca estive aqui, nem mesmo à toa. Aqui onde os jardins são pequenos demais para árvores grandes devia estar a saia azul de Lili, de pregas. Ele que se aborreça quanto quiser, é problema dele, agora puxo a manga do homem das melancias.

Desculpe, eu preciso passar.

Ele vira a cabeça e dá mais dois passos no seu trote, e me olha mais uma vez. Então solta a sacola.

O que foi, ela grita, você não pode avisar quando vai soltar.

Ela tira o sapato de baixo da melancia, depois o pé do sapato, depois um pedacinho de esparadrapo que escorregou no dedinho do pé:

Olhe só, a bolha abriu.

Veja, diz o homem, olha aqui, nós a conhecemos. O cabelo dele, tingido de castanho, tem um brilho prateado junto do crânio, como naquela vez, quando a luz ofuscava depois da noite toda dançando e Martim não fazia mais parte da bandalha. E o rosto dela está tão torto quanto naquela ocasião em que Martim a atormentou no banheiro.

Ué, diz Anastácia, seus cabelos estão curtos.

O que é que vocês estão fazendo com cinco melancias.

Você as contou, ri ele, vamos comemorar, você sabe onde.

E como vai você, pergunta ela.

Bem, eu digo.

Nós também, ele diz, bom, então quem sabe a gente se vê.

Quem sabe, eu digo.

Um caminhão passa fazendo barulho, Anastácia diz:

Nós temos de ir.

Martim beijou minha mão em despedida, e eu olhei a rua porque dois sapatinhos de bebê voavam presos pelos cadarços diante da testa de um motorista. E quando o carro se move, do outro lado da rua vejo numa garagem aberta uma Java vermelha e um velho de calça curta. E quem chega dos fundos do quintal, encolhendo a cabeça debaixo do varal e entrando na garagem, senão Paul. No relógio de Anastácia eram dez e cinco.

Paul e o velho riem, eu procuro as veias de mármore nas suas pernas finas e vejo a antena no telhado. É de Paul. Ele pega uma chave de fenda, não procurou, apenas meteu a mão na prateleira. Quando me dizia que estava bebendo na cidade à noite, eu acreditava nele. Como não, pois sua bebedeira era real, não havia nada de engano. Nunca perguntei com quem ele bebia e quem pagava. Em casa Paul bebe sozinho. Depois do acidente ele mesmo dissera:

Beberrões se conhecem na hora, de uma mesa a outra, através de olhares, do modo como os copos dialogam entre si. Não quero saber de amizades com beberrões. Bebo minha cachaça com outros, mas na mesa quero me sentar sozinho.

Mas então Paul jogou a roupa de cama pela janela, para a noite, primeiro nossos travesseiros. Eu os podia ver lá embaixo, brancos e pequenos como dois lenços. Desci no elevador, descalça, e os trouxe de volta. E quando cheguei lá em cima com os travesseiros, os cobertores já estavam lá embaixo. E quando os trouxe para cima no elevador, chorei porque eram muito grandes, e porque eu cedera aos caprichos noturnos de um doido. Com os travesseiros eu tinha dado risada. A janela do quarto de dormir do sr. Micu ainda estava debilmente iluminada pelo abajur da cabeceira. Era tarde, mas ainda era quarta-feira, o dia da infelicidade por causa da loteria. Sabe lá que tipo de consolo o sr. Micu tentava dar àquela hora para que sua esposa aceitasse o dia seguinte, quem sabe a cópula, o amor físico.

Homens jovens cansam a gente, dizia Lili, mas os mais velhos tornam a carne das mulheres lisa e leve quando copulam com a gente.

Também jogar roupas de cama pela janela era físico, não era amor, mas era mais físico do que jogar vestidos. O vestido de domingo em que a sra. Micu esperara a riqueza naquela quarta-feira estava novamente no armário. Mas o corpo, este ela ainda carregava. Quando a sra. Micu está encostada na parede junto da entrada, sem saber quem é agora, mas convencida de que sabe quem era há vinte anos, tenho vontade de fugir dela. A sua carne gasta não parece entregue como a de minha mãe ao sol, mas pronta para ser agarrada. Certa vez o sr. Micu disse a Paul:

Cada cópula é uma colher de açúcar para os seus nervos gastos, a única coisa com a qual consigo preservar a lucidez de minha mulher.

A lucidez, perguntou Paul.

A lucidez, eu disse lucidez, não juízo.

Se o abajur aceso não ilumina a cópula, mas a última anotação do dia no caderno, eu não queria que o lápis testemunhasse os cobertores e os travesseiros. Não acendi a luz na entrada, carreguei tudo para o elevador como uma ladra. Quando cheguei lá em cima com os cobertores, Paul estava deitado de pijama sobre os travesseiros brancos como um papel listrado. Encolheu os joelhos e perguntou:

Alguém viu você.

Eu o cobri, e botei o segundo cobertor no meu lugar e alisei as rugas como se naqueles panos se deitasse a mulher que eu gostaria de ser desde cedo de manhã — que não aceita mais toda aquela bebedeira. Paul olhou o teto e disse:

Sinto muito.

Eu nunca ouvira aquela expressão antes. Nem mesmo quando uma desculpa moía seus maxilares e repuxava seu queixo. Ele sempre deixava os pedidos de desculpas reprimidos, jamais cedia a si mesmo. Que relação haveria entre este acontecimento e o fato de que no dia seguinte imaginei uma mentira e saí da Ladenstrasse com uma sacola de batatas e entrei no silêncio da farmácia e disse:

Meu avô perdeu o olho direito por causa de uma lasca de madeira quando partia lenha. Mora longe daqui e não pode vir à cidade. Não sai de casa desde então, nem para a igreja nem para o barbeiro. Tem vergonha das pessoas, portanto quero comprar um olho para ele.

A gente pode mentir à vontade a respeito dos mortos, nada mais será verdadeiro. As mentiras boas que digo a Albu, sinto que dão certo porque acredito em mim mesma, de uma palavra a outra. Partir lenha era uma mentira nada convincente, menti tanto por medo e pelos outros que não consigo mais mentir por mim mesma sem medo. A farmacêutica, de vestido debaixo do jaleco branco, estava ali plantada como duas mulheres embutidas uma na outra, uma velha e uma jovem. A de vestido sabia como a dor é torturante, a de jaleco sabe como se trata a dor. Mas nenhuma das duas tinha um medidor de boas mentiras. Mesmo assim a farmacêutica baixou as pálpebras e disse:

A senhorita pode comprar mesmo sem receita, ele há de servir, mas não poderá ser trocado. Pegue um da vitrina, e se quiser pode pegar dois.

Ela riu.

Três também, certamente há mais do que suficientes, e estão só ficando cheios de pó.

Peguei um olho de vidro azul-escuro, e apareceu a primeira lacuna na vitrina. Meu avô tinha olhos castanhos com aquele brilho fosco que um olho de vidro não tem porque não sofreu. Meu olho comprado deixou um rastro azul na água, mas a água era gelo. Um olho que queria comparar-se ao de Lili, mas não conseguia ser surpreendente. O nariz de flor de tabaco de Lili não poderia nem de longe ser imitado por mão ou máquina alguma.

Antes de comprar as batatas eu fora ver os doces na mercearia. Nos potes de vidro amontoados vi bombons vermelhos onde se grudavam vespas mortas, depois lâminas de barbear enferrujadas, depois biscoitos quebrados, depois caixas de fósforo, depois bombons verdes grudados, também com vespas. E na prateleira as garrafas alternavam suas cores, licor de ovos amarelo, suco de groselha rosado, uma aguardente esverdeada, removedor de unhas claro como água. O que estava ali realmente parecia achar que era outra coisa. O vendedor dava a impressão de ser uma pessoa feita de fósforos, lâminas, bombons grudentos e biscoitos, que logo iria se desmanchar.

Cem gramas daquelas lâminas de barbear doces, eu disse.

Trate de sumir daqui, ele gritou, compre alguma coisa na farmácia que lhe devolva o juízo.

Eu tinha mesmo perdido o juízo, todas as mercadorias se condundiam em minha cabeça. Fui até a quitanda e fiquei contente porque as batatas do caixote não se transformaram em sapatos ou pedras na balança. Levei na mão dois quilos de batatas e na cabeça a irrefutabilidade das coisas. Depois fui até a farmácia e comprei o olho de vidro. Quando pararem de me convocar, quero que

Paul cole nele um pequeno aro, e eu o usarei como enfeite no pescoço, pensei então.

Quando se ouve, do patamar, o elevador descendo com o mensageiro de Albu, a voz dele soa baixinho na minha cabeça: Terça, dez em ponto, sábado, dez em ponto, quinta, dez em ponto. Quantas vezes depois de fechar a porta eu disse a Paul:

Não vou mais lá.

Paul me pegava pelo braço:

Se você não for, eles virão te apanhar aqui, e não te soltam mais.

Eu balançava a cabeça concordando.

Agora Paul estende seu lenço no chão ao lado da moto, senta-se em cima dele e aparafusa. E eu fico parada atrás de um arbusto e não quero ir embora, toc-toc-toc no asfalto até o bloco residencial torto que todos conhecem. Exceto a sra. Micu, que caminha quando muito dez passos até o elevador e dez até a entrada e nem um mais, porque se esquece do caminho. Uma vez ela disse:

O mundo é grande, como é que lá fora eu haveria de farejar onde fica a nossa casa.

E disse sobre o elevador:

Você entra nesse carro que funciona com uma corda, não movido a gasolina. É melhor ter passagem, hoje é o primeiro dia do mês, hoje certamente vem o fiscal. Lá em cima no telhado a gente morre de fome.

Ela me deu um abricó, entrei no elevador. Na carne da fruta aquecida pela sua mão pulsava a semente. Lá em cima joguei o abricó pela janela o mais longe possível. Não me deixei apanhar pelo abricó, mas agora gostaria de ser como a sra. Micu, que balbucia com voz mansa coisas inauditas. Ela não disse:

E aí Emil chegou de novo, duas vezes...

Quando subi duas vezes à noite com roupas de cama, entendi que aquilo que ela diz acaba me apanhando.

Se mesmo assim eu voltar ao edifício, vou vestir a blusa que espera, e sentar-me na cozinha. Quando alguém sai do elevador, a porta bate como pedras no andar acima ou abaixo. E aqui no andar como ferro. Quando escuto ferro, vou até o patamar. Hoje Albu virá. Quando fui convocada pela primeira vez, ele me mostrou sua identificação. Fiquei olhando boquiaberta a foto dele, em vez de ler como alguém que esmaga seus dedos ao beijar sua mão é chamado pela mãe, pela mulher. Devia haver dois, três nomes, tarde demais, a identificação já fora guardada. Se Albu disser que eu devo sumir, vou lhe dizer a verdade:

Meu avô pintou aquele cavalo na casa dele, e eu esperei você aqui diante da porta do apartamento.

E se Paul sair do elevador, também direi isso, então ele não terá de mentir até eu indagar:

Onde é que você esteve.

E como tantas vezes ele dirá:

Na minha camisa e junto de você.

A Java vermelha recém-pintada brilha. Por tédio, por acaso, o velho olha para o arbusto e inclina-se junto do ouvido de Paul. Agora Paul se levanta e me enxerga. Por que está abotoando sua camisa.

Há, há, nada de enlouquecer.

Este livro, composto na fonte Fairfield
e paginado por Alves e Miranda Editorial, foi
impresso em pólen soft 80g na Prol Editora Gráfica.
São Paulo, Brasil, na primavera de 2009